불안한 당신을 위한 365일

······ 힐링 메시지 ······

골짜기에 흐르는 물처럼

지은이 신영란
펴낸이 성상건

펴낸날 2024년 11월 15일 초판 1쇄 발행
펴낸곳 도서출판 나눔사
주소 (우)10270 경기도 고양시 덕양구 푸른마을로15
301동1505
전화 02.359.3429 팩스 02.355.3429
등록일자 1995년 3월 27일
등록번호 제 2-489호(1988년 2월 16일)
이메일 nanumsa@hanmail.net

값 11,000 원
ISBN 978-89-7027-871-1 (03810)

골짜기에 흐르는 물처럼

불안한 당신을 위한 365일
······ 힐링 메시지 ······

신영란 지음

나눔사

CONTENTS

작가의 말

누구나 한두 가지 걱정거리는 안고 삽니다. 당장 해결해야 할 어떤 문제 때문일 수도 있지만 꼭 그렇지만은 않습니다. 만사가 평탄해도 까닭 없이 마음이 놓이질 않아 속을 끓이기도 하고, 심지어 아직 일어나지 않은 전쟁을 걱정하며 매일 매일 불안 속에 살아가기도 합니다.

하지만 우리가 그토록 불안해하는 일들은 현실에선 일어나지 않을 망상일 가능성이 훨씬 높다고 합니다. 걱정이나 불안을 떨쳐내지 못하는 한 행복을 느끼는 순간 또한 영원히 오지 않을 것입니다. 1분 1초 후에 닥칠 일도 알지 못하는 게 인생 아닌가요?

우리보다 앞선 삶을 살았던 현자들이 남긴 촌철살인의 명언들이 이 책의 주요 텍스트입니다. 시대 흐름에 따라 조금씩 다른 언어로 표현되기도 하지만, 행복한 삶을 위한 수없이 많은 메시지를 한 문장으로 요약하면 이렇습니다.
'바르게, 너그럽게, 그리고 뜨겁게 인생을 살아라.'

성경에도 '하늘 아래 새로운 것은 없다'고 했습니다.
불확실한 미래, 잘 풀리지 않는 인간관계, 나는 무엇으로 인생을 살 것인가, 이런저런 선택에 대한 고뇌 혹은 갈등.
옛사람들 또한 오늘 우리와 크게 다르지 않은 걱정과 불안을 겪었을 것입니다. 그런 까닭인지 명확한 출처를 확인하기 어렵거나 작자가 겹치는 말들도 꽤 있습니다. 이 책에 '현자들'로 표기되는 경우입니다.

책 제목은 공자와 그 제자들의 언행을 엮은 『논어』에서 따왔습니다.
-저 골짜기에 흐르는 물을 보라. 앞에 있는 모든 장애물에 스스로 굽히고 적응하며 줄기차게 흘러, 마침내는 바다에 이르지 않는가.-
이 순간 마음이 혼란스러운 당신과 저 자신을 위한 경구입니다.

2024년 10월
신 영 란

---

* 이 책은 2014년 출간한 『나를 위한 저녁기도』의 개정판임을 밝힙니다.

CHAPTER 01

신념, 아직 보이지 않는 것을 믿는 힘

그럴 수도 있지

오늘 하루가 마음에 들지 않았나요?
그렇다고 너무 우울해하지는 말아요.
어차피 지나간 일이잖아요.

조금만 더 마음을 일으켜 세워 보세요.
당신이 생각하는 나쁜 일은 과거일 뿐이에요.

성난 기분으로 잠들지 마세요.
갈 길이 조금 더 남아 있을 뿐이에요.

나는 왜 이럴까?
아니! 아직은 괜찮아.

불쾌한 생각은 멀리 떨어뜨려 두고
그럴 수도 있지!
내가 나를 격려하는 습관을 키워보는 건 어떨까요?

내가 먼저 내 편 돼주기

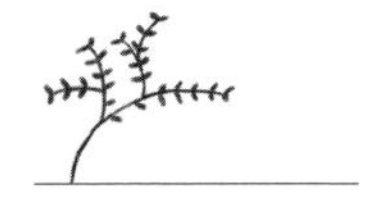

생텍쥐페리는 소설 『어린 왕자』에서 이런 말을 합니다.
"사막이 아름다운 건 어딘가에 샘이 숨겨져 있기 때문이지."

마음이 무너져내릴 땐
당신 자신에게 조금만 더 시간을 주세요.
지쳤어.
난 이젠 더 이상 아무것도 할 힘이 없어.
막다른 길목으로 자신을 몰아가지 말고
난 더 잘할 수 있어!
생각의 방향을 바꿔보세요.
힘들지만 혼자 힘으로 여기까지 왔잖아요.

아는 척하고 잘난 체하는 사람들
얼마든지 뻐기라 그래요.

당신은 잠깐 넘어져 무릎에 피가 난 것뿐이에요.
어릴 때 놀다가 그랬던 것처럼.

남이 준 상처 따위 무시해버려요.
이제 곧 새살이 돋아날 테니까요.

밝은 생각

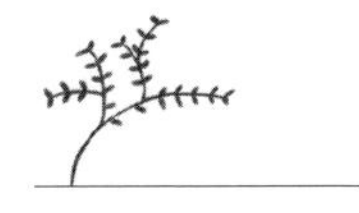

자신감을 잃으면 온 세상이 적으로 느껴질 수도 있답니다.
어제의 실망이나 좌절이 오늘 하루를 망쳐버릴 원인이 되진
못하게 하세요.
실수는 실패가 아니라는 거
당신도 알잖아요.

하루쯤 별이 보이지 않으면 어때요.
그런다고 세상이 끝난 건 아니잖아요.
어디선가 해는 떠오르고
새들은 다시 올 아침을 준비합니다.

이미 놓쳐버린 일에 마음 쓰지 마세요.
내일은 분명 오늘과 다를 테니까요.
남보다 앞서거나 뒤처지거나 하는 건
살면서 거치는 시간의 한 과정에 불과하답니다.

자가발전

세상일이 다 생각처럼 되진 않습니다.
오늘 당신의 하루가 그랬나요?

잠깐의 부주의로 생각지도 않은 실수를 했거나
더 잘하려다 일을 그르쳤을 수도 있습니다.
그렇다고 너무 자책하진 마세요.
마음은 그렇지 않은데 결과가 나빴을 뿐이잖아요.

진실은 어둠 속에서도 빛이 납니다.
지나간 일로 너무 괴로워하지 마세요.
반성이나 후회가 지나치면 오히려 자신을 망가뜨리는 독이
됩니다.

당신은 지금 휴식이 필요한 사람.
나쁜 생각은 멈추고 가장 좋았던 때를 떠올려봐요.

넘겨짚지 않기

믿었던 사람의 말 한마디가 날카로운 쇠못이 되어
가슴에 와 박힌 적은 없나요?

'가까우니까', '믿으니까'는 절대로 당신을 함부로 대할 핑계가
될 수 없습니다.

당신 역시 같은 이유로 소중한 사람에게 상처를
줄 수가 있을 겁니다.
자신에게는 한없이 관대하면서 타인의 감정에는 무딘 게
인간의 특성이기도 하니까요.

가까우니까, 믿으니까.
내가 힘들 때 무슨 말을 해도 괜찮다고 생각하진 말아요.
사랑하는 사람의 아픔이나 슬픔을 내가 나눠 가질 순 있어도
그 또한 나의 고통에 동참하기를 바라는 건 욕심일 수도
있습니다.
마음이 가는 길과 오는 길이 반드시 같을 순 없으니까요.
당신이 슬플 때 같이 슬퍼하지 않는다고 원망하지 말아요.
감정과 태도가 반드시 일치하진 않을 수도 있습니다.
그는 다만 당신이 안타까워 안절부절하고 있을 뿐일지도
몰라요.

나중에 말고 바로 지금

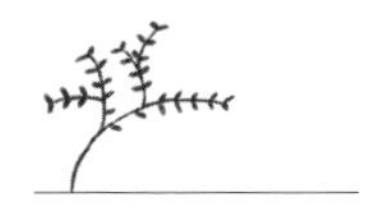

삶의 피로가 무관심의 구실이 될 순 없습니다.
가족, 친구, 연인, 동료.
언제나 변함없이 당신을 아끼고 지지하는 그들에게 오늘
당신은 어떤 의미였을까요?
혹시 위로가 필요한 때 바쁘다는 이유로 차갑게 굴었던 건
아닐까요?

'나중에, 내 상황이 좋아지면.'
그러면서 너무 오랜 시간 마음을 접어둔 채 지내진 않았나요?
생각이 그저 생각만으로 끝나게 하지 마세요.
자꾸 미뤄두면 당신이 기다리는 '좋은 때'는 영원히 오지
않을지도 모릅니다.

전화 한 통이 그들이 원하는 전부일 수도 있습니다.
고작 이것뿐이라고 망설이지 마세요.
오늘 조금 모자라면 좋은 날 더 많이 채워주면 되잖아요.

감정에 무너지지 않기

어리석은 사람은 상대와 싸우고
현명한 사람은 자신의 분노와 싸운다고 합니다.
상황이 당신을 사납게 만들지 못하게 냉정을 유지하세요.
분노를 안고 해결할 수 있는 일이 뭐가 있을까요?

어리석은 마부가 말굽에 채인답니다.
말이 순해질 때까지 기다리지 못하기 때문이지요.
노여움이나 분노는 폭발력이 강해서
쉽게 터뜨릴수록 더 빨리 커지고 강해집니다.
화가 치밀어오를 땐 재빨리 그 감정에서 벗어나는 게 상책입니다.

물질이든 사람이든 억지로 가지려고 하지 마세요.
무언가에 매료되면 그 하나만 가져도 행복해질 것이라
믿기 쉽답니다.
그렇지만 그런 행복은 유통기한이 아주 짧습니다.
부질없는 욕망의 사다리에서 한 단계만 아래로 내려와서 주위를
돌아보세요.
세상이 한 뼘 더 가깝게 느껴지지 않나요?

두려움과 맞서기

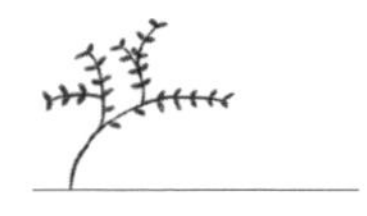

축구 골대 앞에 선 골키퍼를 가장 두렵게 하는 건
상대편 선수나 날아오는 축구공이 아닌,
행여 공에 맞을세라 겁을 내는 자기 자신이라고 합니다.
선수들은 골키퍼의 급소를 피해 공을 날리는 호의 따위 베풀
여유가 없습니다.
어쩔 수 없는 골키퍼의 숙명입니다.

살다 보면 대책도 없이 골문 앞으로 떠밀려간 골키퍼처럼
황당하고, 두렵고, 고독한 순간이 있습니다.
캄캄한 밤중에 누가, 왜, 나를 여기 세워놓고 공을 날리는지
알 수 없지만
더 많이 터지고 깨지기 전에 날아오는 공부터 잡아야 합니다.
그렇게 온몸으로 선방했지만 멋진 세리머니를 펼칠 기회도
없습니다.
재빨리 일어나 또 다른 공격에 대비해야만 하니까요.
힘들지만 이것이 인생입니다.
날아오는 공을 두려워하지 말아요.
당신을 지켜줄 유일한 골키퍼는 바로 당신입니다.

남 탓하지 않기

아는 게 많다고 잘난 체하는 사람 때문에 상처받지 말아요.
남보다 많이 알지 못하는 건 부끄러운 일이 아닙니다.
정말로 부끄러운 건
두꺼운 지식의 책장 속에 갇혀서
삶의 깊은 우물을 들여다보지 못하는 것입니다.

지식의 참된 가치는
지극히 유용하거나, 혹은 유쾌하거나
둘 중 하나는 만족시킬 수 있어야 합니다.
그렇지 않으면 많이 안다는 게 무슨 의미가 있을까요.

함부로 남과 비교해서 자신을 열등생의 자리에 놓지 말아요.
남에게 무언가를 보여주려 하지 말고
오직 자신을 위해서만 뜨거워지세요.

세상일이 뜻대로 안 된다고 투덜대지 말아요.
~때문에 인생을 망쳤다고 한탄하지도 말아요.
모든 일의 결과는, 결국 내 안에서 비롯됩니다.

다 똑같다고 생각하지 않기

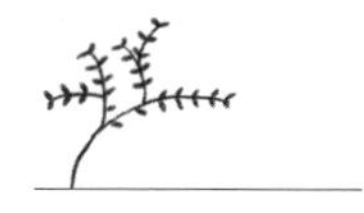

오로지 당신 자신의 삶을 살아가십시오.
의도가 선하다고 해서 모든 게 용납되는 건 아닙니다.
가령 어떤 사람이 당신을 억지로 산에 데려가려고 합니다.
등산이 건강에 좋은 건 누구나 아는 사실입니다.
그렇다고 모두가 힘들게 산에 오를 필요는 없습니다.
단지 해롭지 않다는 이유만으로 설득을 강요당할 이유는
없습니다.
아무리 몸에 좋은 운동도 어떤 사람에겐 노동이 될 수
있으니까요.

옳은 뜻으로 하는 일이라고 모두를 행복하게 해주진 않습니다.
세상이 내 뜻대로 움직여주지 않는 건 내가 너무 앞서거나
뒤처져 있기 때문입니다.
다른 사람의 삶에 대해서는 그 나름의 방식을 존중해주세요.
나만 옳으면 모든 게 괜찮다는 생각을 바꾸지 않으면
결국 모두에게 배척당하게 됩니다.

누구도 타인의 삶을 좌지우지할 권리 따윈 가지고 있지

않습니다.
당신은 강요하거나 강요당하는 삶을 살아갈 이유가 없습니다.
열 사람이면 열 사람, 백 사람이면 백 사람의 생각이 따로
있습니다.
바보도 생각은 있습니다. 다만 때때로 그 결과가 어리석을 뿐.
가장 가련한 사람은 자신이 어떤 생각을 하는지 모르는 것처럼
사는 사람입니다.

무용한 지식

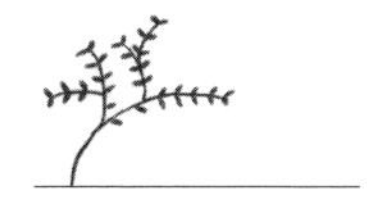

오늘 하루 당신은 무엇을 배웠나요?
세상은 우리가 알아야 할 지식으로 가득 차 있습니다.
배움은 우리의 삶을 풍요롭게 합니다.
그러나 한 가지라도 온전히 깨우치지 못하면 차라리 배우지 않은 것만 못합니다.
삶에 해악을 끼치는 것은 언제나 그릇된 지식이라는 걸 기억하세요.

무지보다 무서운 것은 잘못된 지식입니다.
조금 아는 것을 가지고 전체를 다 아는 것처럼 말하는 사람은 가까이하지 마세요.
헛된 지식을 남발하는 사람은
남의 인생까지 망칠 수가 있습니다.
한푼 두푼 재물을 모으듯 착실히 배움을 쌓아나가도록 하세요.
재물은 언제든 날아갈 수 있지만 지식에는 날개가 없답니다.
무지한 사람의 재물은 방향을 모르고 날아가는 풍선과 같다고도 합니다.
풍선은 아주 미세한 충격에도 구멍이 뚫리고 맙니다.

하루가 공허한 것은 아쉬움이 남았기 때문입니다.
웃어도 즐겁지 않고 울어도 속이 후련하지 않습니다.
내일 당신은 무엇으로 그 답답한 가슴을 채우렵니까?

불행의 고리 끊기

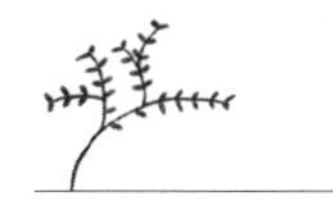

이미 실패한 관계로 인해 괴로워하지 마세요.
그동안 당신도 충분히 힘들었잖아요.
흘러간 인연은 그냥 지나가라고 하세요.

실연당하고 우는 사람에게 한 철학자가 말했답니다.
"그대는 그대를 사랑하지도 않는 사람을 잃었을 뿐이다.
하지만 그는 이토록 저 자신을 사랑하는 사람을 잃었다.
그렇다면 둘 중 누가 더 불행한가? 진짜로 울어야 할 사람은 누구인가?"

원망에 바치는 시간을 아껴 자신에게 투자하세요.
당신을 아프게 한 사람은 그냥 그렇게 살라고 하세요.
그대신 자신을 더 많이 사랑하세요.
미움받는 사람보다 더 불행한 사람은 미움을 버리지 못하는 사람입니다.
당신의 영혼을 황폐하게 만드는 모든 것들과 결별할 때입니다.
옛날로 돌아갈 수 없다면 추억도 묻어버리세요.
더 이상 돌이킬 수 없는 시간 때문에 안달복달하지 마세요.

오늘 그토록 당신을 힘들게 하는 인연도 결국은 다 지나갑니다.

좋은 기운 퍼뜨리기

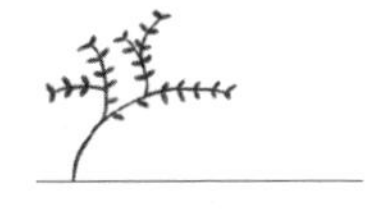

하루 동안 당신은 몇 번이나 남을 칭찬해주었나요?
좋은 말은 좋은 기운을 퍼뜨립니다.
남에게 찡그린 얼굴로 기억되지 않도록 하세요.
혹여 남을 심판하거나 비난하는 말로 상처준 일은 없나요?
마음에 걸리는 사람이 있다면 사과부터 하세요.

다른 사람을 비방하는 말을 듣거든 섣불리 반응하지 않도록 하세요.
남을 심판하기 좋아하면 언젠가는 자신도 심판받는 날이 옵니다.
쓸데없는 일에 마음을 허비하지 말아요.
타인의 말이나 행동을 냉정하게 받아들이세요.
실수는 관대하게 포용하고 설령 누군가 그를 비방하더라도 드러내놓고 동조하지 마세요.

좋지 않은 일에 함부로 남의 이름을 거론하지 말아요.
생각 없이 뱉은 말이 오늘 밤 누군가를 잠 못 들게 하는 이유가 됩니다.

위악 떨지 않기

남에게 선행을 베풀면 기분이 좋아지는 건 무슨 까닭일까요?
그건 바로 본능이 시키는 일을 했기 때문입니다.
사람은 누구나 덕성이라는 본능을 가지고 있습니다.
그런데 어떤 사람은 평생 그것이 자기 안에 있는지도 모르고 살아갑니다.
덕성이란 숨겨진 보석 같아서 주인이 상자를 열어야만 빛이 나기 때문입니다.

남을 돕고자 하는 마음도 덕성이 시키는 일입니다.
어려움에 처한 이웃을 보고 그냥 지나쳤을 때 왠지 마음이
불편한 건
자신이 타고난 본성에 역행하는 일을 했기 때문입니다.

새는 죽는 순간에 슬픈 울음소리를 내지만, 인간은 가장 착한
말을 한다고 합니다.
현자들은 이것이 사람은 본디 선한 존재라는 증거라고
했습니다.
선행을 베풀어야 할 대상 앞에서 일부러 냉정한 척 인색하게
굴지 마세요.
당신은 착하게 타고났는데 왜 구태여 불편한 선택을 하나요?

눈높이를 자신에게 맞추기

때로 우리는 자기 자신에 대해 지나치게 가혹한 잣대를
들이댑니다.
지금의 모습이 마음에 들지 않더라도 너무 야박하게 자신을
몰아대진 않도록 해요.
여기까지 오기 위해서 당신도 많이 노력했잖아요.
수고했다고, 그동안 고생 많았다고 스스로를 보듬어주세요.

우리는 있는 그대로의 자신을 받아들이기가 왜 그렇게 힘든
걸까요?
욕망의 탑에는 꼭대기가 없기 때문입니다.
위만 보지 말고 자신에게 눈높이를 맞춰보세요.
현재 자신의 위치를 받아들이는 것이야말로 시작의
시작입니다.
지금까지도 잘 해냈으니 앞으로도 잘할 거라고 진심으로
자신을 격려하세요.

욕망이란 구멍 뚫린 술잔과도 같다고 합니다.
몹시 술에 취한 사람은 잔이 새는지도 모르고 자꾸만 술을

찾습니다.
부질없는 허상에 취해 비틀거리다
자신의 존재마저 잃어버릴 수도 있습니다.
구멍 난 술잔은 치워버리고 더 이상 몸과 마음을 지치게 하지
말아요.
도무지 끝이 보이지 않을 땐 잠시 쉬어가는 지혜가
필요합니다.

스스로 부족함을 알기

흔히 남에게 칭찬을 듣는 사람의 반응은 두 가지로 나뉩니다.
우쭐한 마음에 교만해지는 사람, 자신을 너무 과대평가한다며
얼굴 붉히는 사람.
누구나 칭찬을 듣게 되면 기분이 좋아집니다. 하지만 딱
여기까지입니다.
칭찬의 의미를 확대해석하면 지나치게 자기중심적인 착각에
빠져들게 됩니다.
이때의 칭찬은 당신 편이 아닙니다.

사람은 자신의 내면을 깊이 파고들수록 부족한 게 많다는 걸
알게 됩니다.
자신의 부족함을 아는 사람은 의외로 많을 걸 아는 사람입니다.
그는 자신이 완벽하지 않음을 알기에 구태여 남들 위에 서려고
하지 않습니다.
칭찬을 들어도 더욱더 분발하라는 의미로 받아들여 스스로
마음을 단속할 줄도 압니다.

스스로 완벽하다고 생각할수록 남보다 모자라는 게 많은

사람입니다.
지혜로운 사람은 자만하지 않습니다. 남을 가르치려 들지도 않습니다.
자신의 모자람을 깨우치지 못한 사람이 자꾸 남에게 훈계하기 좋아합니다.

우리가 진정으로 두려워해야 할 것은 남에게 과소평가되는 게 아니라
실제보다 과장되게 보이는 것입니다.

단순해지기

단순(單純)이란 말의 사전적 의미는 '복잡하지 않고 간단하다'는 뜻입니다.
뭔가를 억지로 꾸미거나 자연 그대로의 모습을 벗어난 것을 단순하다고 하지는 않습니다.
단순한 것은 그 자체만으로도 사람을 매혹하는 힘이 있습니다.

어린아이가 무조건적인 사랑을 받는 이유는 단순하기
때문입니다.
동물이 사랑스러운 것도 자연을 닮은 그 단순성 때문입니다.

현자들은 가장 위대한 진리는 단순한 데 있다고 말합니다.
단순하다는 것은 솔직하고 공평한 성질을 갖고 있습니다.
상황에 따라서 교묘하게 말을 바꾸는 사람의 머릿속은 복잡한
잔꾀로 가득 차 있습니다.
상대방의 허점을 틈타서 자신의 이익을 취하려는 사람도
마찬가지입니다.
지나치게 말이 많은 사람을 경계하세요.

말주변이 부족하다고 부끄러워할 필요는 없습니다.
멋진 말, 화려한 말이 그 사람의 모든 걸 설명해줄 순 없습니다.
간단하게 생각하세요.
진실은 항상 꾸밈이 없습니다.

힘들수록 강하게 밀고 나가기

프랑스의 언론인 베르베르 올리비에는 62살에 실크로드를 횡단한 기적의 주인공입니다.
"사람들은 내가 대단한 일이라도 한 줄 아는데, 사실 별일 아닙니다. 그 정도야 한쪽 발이 앞으로 나간 다음에 다른 발을 움직이기를 1.500만 번쯤 되풀이하면 되는 간단한 일이거든요."
장장 1만 2000km에 이르는 길을 4년 동안 오직 걸어서만 여행한 소감을 물었을 때 그는 이렇게 대답했습니다.

의지는 모든 위대한 성과의 원천기술입니다. 육체적으로 아무리 강한 사람도 의지가 약하면 작은 역경에 무너질 수 있습니다. 의지는 힘의 근원입니다. 세상의 그 어떤 의무감도 의지를 이길 순 없습니다. 62살의 베르베르를 걷게 만든 건 기필코 그 일을 해야겠다는 의지였습니다.

목표를 향해 가는 길이 험난해도 끝은 있습니다.
누군가는 말합니다, 정상은 더 높은 언덕에 불과하다고.
의심하지 말아요, 당신에겐 분명 그것이 가능합니다.

겁내지 말아요, 장애물은 넘으라고 있는 것입니다.
꾸준한 도전의 결과가 어떤 것인지는 우리 모두 알고 있습니다.
그런데 당신은 무엇을 망설이나요?

망상에 휘둘리지 않기

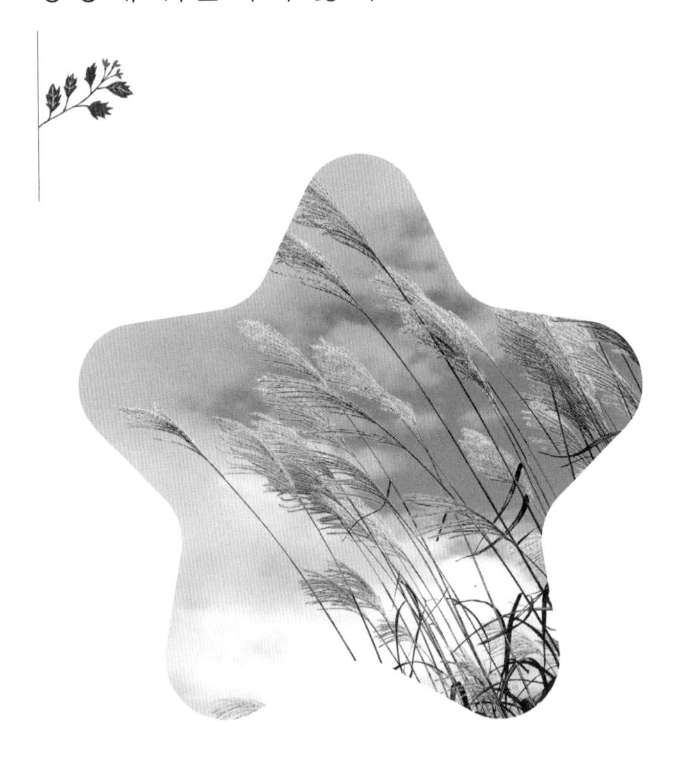

현자들은 말합니다.
"가진 것이 많을수록 잃을 것을 생각하라."
사람이 영원히 소유할 수 있는 것은 아무것도 없습니다.
명성이나 권세도 한낱 바람 앞의 나뭇잎 같은 것.

삿된 유혹에 흔들리지 않도록 스스로를 단속하세요.
겉으로 드러난 것에만 의미를 두지 말고 오직 양심에 어긋나는 일이 일어나지 않도록 자신을 돌아보세요.
자연의 눈으로 세상을 대하면 악한 것에 가까이 있어도 물들 일이 없습니다.
권모술수를 모르는 것보다 더 순수한 건 이를 알면서도 쓰지 않는 것입니다.

분별력이 없는 사람은 일확천금을 꿈꾸면서 잠이 들고 자존감이 있는 사람은 차근차근 자신의 운명을 열어갈 길을 구상하며 잠이 듭니다.
아무리 간절히 원해도 유산상속 문서 따위가 하늘에서 뚝 떨어지는 요행수는 생기지 않습니다.
그보단 스스로 유산을 만드는 게 더 빠를지도 모릅니다.

멀리해야 할 사람

노동의 가치를 알려고 하지 않는 사람을 친구로 두지
마십시오.
일하기 싫어하는 사람 곁에 있으면 아무리 부지런한 사람도
흔들리기 마련입니다.
게으름이라는 몹쓸 병에 전염되지 않으려면 놀고먹는 사람을
피하는 게 상책입니다.

지나치게 웃음에 인색한 사람과는 적당히 거리를 두십시오.
사람이 도무지 웃지 않는다는 건 기뻐도 기뻐할 줄 모르기
때문입니다.
행복이나 불행의 기운은 전염성이 강합니다.
기쁨을 알지 못하는 사람에게서 무슨 위안을 얻을 수
있을까요?

인생은 하루하루를 흘려보내는 것이 아니라,
자신이 가진 무언가로 하루하루를 채워나가는 과정입니다.
불성실하고 부정적인 사람과 가까이 지내지 마십시오.
친구는 곧 당신의 얼굴입니다.

사람을 사귀는 일은 인생의 꽃밭을 가꾸는 일과 같습니다. 늦기 전에 당신의 아름다운 꽃밭을 어지럽히는 잡초를 모두 거둬내세요.

상황을 크고 넓게 보기

온종일 해결하기 어려운 일로 골머리를 앓았다면 일단 푹 자두세요.
때론 머리로 해결할 수 없는 일을 시간이 해결해주기도 합니다.
억지로 서둘러서 끝을 보려고 하진 마세요.
날이 밝으면 상황이 완전히 달라질 수도 있잖아요.

"속만 태우지 말고 내일까지 기다려보렴."
인생 경험이 풍부한 어른들은 이렇게 말합니다.
그들은 시간의 비밀을 알고 있기 때문입니다.

당장은 이럴 수도 없고 저럴 수도 없다면 거기서 딱 멈추세요.
조급한 마음이 더 큰 실수를 부릅니다.
차분하게 상황을 바라보세요.
어려운 문제일수록 크고 넓게 볼 줄 아는 여유가 필요합니다.

운명에 끌려가지 않기

소포클레스는 말합니다.
"늙어가는 사람만큼 인생을 사랑하는 사람은 없다."
지금 자기 앞에 주어진 이 순간이 마지막이라고 생각한다면
사는 게 생각처럼 되지 않는다고 떼쓸 시간이 없습니다.
그러는 동안 작은 기쁨마저 도망쳐버릴 수가 있으니까요.

세네카는 말합니다.
"운명은 사람을 차별하지 않는다. 운명이 무거운 것이 아니라 나 자신이 약한 것이다."
그리고 또 이렇게 말합니다.
"내가 약하면 운명은 그만큼 강해진다. 그러므로 비겁한 자는 늘 운명이란 갈퀴에 걸리고 만다."
툭하면 절망을 이야기하는 사람은 스스로 삶을 무겁게 합니다.
운명을 만드는 건 성격이고 습관입니다.

운명의 신은 냉정한 귀를 갖고 있다고 합니다.
열심히 기도했는데 소망이 이루어지지 않았다고 탄식하지 말아요.
일이 뜻대로 되지 않는 건 기도가 부족해서가 아니라 아직은 때가 아니기 때문입니다.

알고도 모르는 척하기

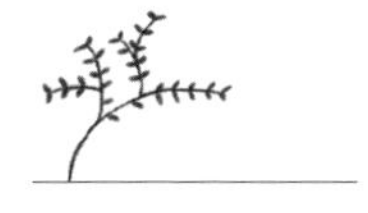

진실이 항상 유쾌한 것만은 아닙니다.
웃으면서 나눈 대화가 반드시 진실한 것은 아닌 것처럼.
서양의 격언에도 이런 말이 있습니다.
"침묵보다 가치 있는 말이 아니라면 차라리 모르는 척하라."

말의 결과를 두고 후회하는 건 무가치한 일입니다.
타인의 단점이나 실수에 대해선 조금 무뎌져도 괜찮습니다.
자기 자신을 아끼듯 말을 아끼세요.

우리는 그렇게 남에게 인정받길 원하면서
다른 사람에 대한 평가에는 왜 그리도 인색한 걸까요?

나쁜 습관과 결별하기

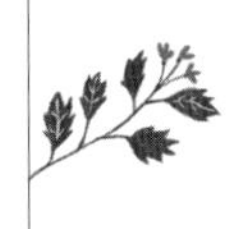

나방이 불을 향해 날아드는 것이나,
물고기가 낚싯바늘에 걸린 미끼를 무는 건
그러다 결국 죽음에 이르게 될 줄을 모르기 때문입니다.

당신은 나방이나 물고기처럼 무지하지 않습니다.
그런데 어째서 매일 습관처럼 어리석은 행동을 되풀이하고
있나요?
오늘 하루 시시한 즐거움에 취해 소중한 것들을 외면하진
않았나요?

파스칼은 말합니다.
"고뇌에 복종하는 것은 치욕이 아니다. 인간의 가장 큰 치욕은
쾌락에 복종하는 것이다."
나쁜 습관은 오늘 당장, 지금 이 순간부터 떨쳐버리세요.
더 이상 불행해지지 않기 위해 '내일부터'란 말은 잊어야
합니다.

범사에 감사하기

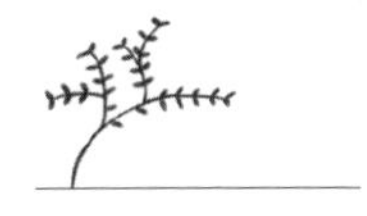

세네카는 말합니다.
"가난하다는 말은 너무 적게 가진 사람을 두고 하는 말이 아니라,
너무 많은 것을 바라는 사람을 두고 하는 말이다."
욕심을 줄이면 줄인 만큼 인생이 행복해집니다.

다른 현자들은 또 이렇게 말합니다.
"사람이 부(富)를 얻는 길은 노동, 구걸, 도둑질, 이 세 가지뿐이다."
"노동으로 거칠어진 손은 썩지 않는다."

부와 행복이 반드시 한데 붙어 다니진 않습니다.
더 많은 것을 바라는 욕심 때문에
자기 앞에 놓인 진짜 행복을 놓치고 있는 건 아닐까요?

CHAPTER
02

사랑,
비워도 다시
채워지는 샘

이별은 이기적이어도 좋다

셰익스피어는 말합니다.
“해치워버리는 것만으로 그것이 끝난다면 당장 해치워버리는 게 좋다.”
헛된 만남에 매달려 자신을 괴롭히지 마세요.
어쩌면 당신은 누군가를 사랑한다고 믿는 심리에 중독되어 있는지도 모릅니다.

세상에 나쁜 사람은 없을지 몰라도 나쁜 인연은 있습니다.
누구든 먼저 고리를 끊어내지 않으면 고통은 사라지지 않습니다.
나를 위한 이별은 이기적이라고 자책하지 말아요.
행복하지 않은 사랑은 그저 못난 습관일 뿐입니다.

사람은 자기를 용서하는 법을 통해 더욱 성숙해집니다.
더 늦기 전에 잘한 일이라고 자신을 격려해주세요.
당신도 많이 울었잖아요.
토닥토닥.

이미 끝난 사랑

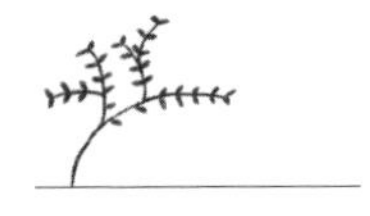

산다는 게 참 불공평하게 느껴질 때가 있습니다.
남들만큼 사랑했는데 어째서 남들만큼 행복하지 못했던
걸까요?

누군가는 사랑을, '고뇌와 계약을 맺는 것'이라고 했습니다.
사랑은 쌍방향이라고 생각할 수 있지만 그 깊이는 한쪽으로
치우쳐 있기도 합니다.
때로 누군가를 사랑한다는 이유만으로 밑도 끝도 없는 슬픔에
빠져드는 건 일방적으로 기울어진 무게감 때문입니다.

당신은 이제껏 많이 고통스러웠고 많이 외로웠습니다.
지금의 슬픔은 무의미한 감정노동에 불과합니다.

어떻게 사랑이 변하냐고 탄식하지 말아요.
어떤 독을 치유하려면 다른 독을 써야 하는 것처럼
이미 끝난 사랑의 상처를 다스릴 수 있는 건 다른
사랑뿐이라는 말.
고뇌하는 당신께 드립니다.

성장통

빙동삼척 비일일지(氷凍三尺 非一日之).
한겨울 얼음 석 자가 한나절 추위에 굳어진 건 아니라는 뜻입니다.
어떤 결실을 얻기 위해선 지난한 고통과 노력이 따른다는 뜻이겠지요.

누군가는 이를 성장통이라 합니다.
안 아픈 척, 센 척 자신을 몰아세우지 마세요.
겨울이 너무 길게 느껴지면 가끔은 이불 쓰고 누워 있어도 괜찮아요.

사랑은 철이 없어 막무가내로 힘들게 합니다.
하물며 양심도 없지요.

그러니 어쩌겠습니까.
슬픔마저 얼음처럼 단단해지길 기다리는 수밖에요.

다툼

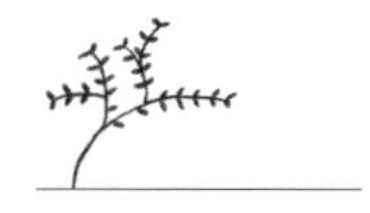

연인들 사이에 다툼이 이는 건 대부분 생각을 나타내는 방법의 차이 때문입니다.
두 사람이 한 곳을 보고 있어도 표현하는 방법이나 느낌이 다를 수 있습니다.
감정을 나타내는 방법이 마음에 들지 않는다고 서로를 원망할 때 다툼이 생깁니다.

사람 마음이 다 내 마음 같지 않다는 건 당신도 압니다.
어쩌면 당신이 틀릴 수 있다는 것도 압니다.
그런데 당신은 무엇 때문에 그렇게 화가 났나요?
혹 상대방이 당신 뜻대로 움직여주기만을 바라는 건 아닐까요?

현자들은 말합니다.
자기 자신을 위해 싸우지 말고 진실을 알기 위해 싸우라고.
사랑싸움에 이기지 못한 건 부끄러운 일이 아닙니다.

어디서 옮겨 왔는지 모를 나의 메모장엔 이런 말도 있습니다.

"참된 사랑을 하려거든 빈 들판에서 서로의 등을 핥아주는 두 마리 소처럼 사랑하라."
서로 아껴주고 가꿔주는 만큼 더 빛나는 게 사랑입니다.

갈등

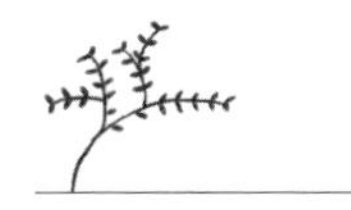

언어는 인간성의 사원(寺院)이라고 합니다.
그 언어를 사용하는 사람의 혼이 그곳에 안치되어 있기
때문입니다.

생각이란 남에게 보이지도 않고 만질 수도 없는 혼자만의
것입니다.
갈등이 생겼을 땐 그 생각을 최대한 차분하게 다루도록
하세요.
사랑한다는 이유만으로 당신의 입술을 흉기로 만들진 말아요.

속상해도 조금만 더 참아주는 건 어떨까요?

릴케는 말합니다.
"한 사람이 다른 사람을 온전히 사랑한다는 건 가장 어렵고
힘든 일이다."
연애는 그 어렵고 힘든 일의 시작에 불과합니다.

좋은 느낌

“키스는 짠 물을 들이켜는 것과 같다. 마실수록 갈증은 더해만 간다.”
작자 미상의 글입니다.
지금껏 사랑의 속성을 이토록 절절하게 표현한 글을 나는 보지 못했습니다.

누군가와 사랑에 빠진다는 건 종종 수렁에 빠지는 것에
비유되기도 합니다.
한 번 발이 빠지면 허리까지 잠기고
허리가 빠지면 머리까지 끌려 들어가는 달콤하고도
잔인한 마법의 수렁.

인간은 나약한 존재라 어떤 감정에 취하면 본성을
잃어버리기도 쉽다지요.
좋은 느낌은 좋은 감정, 좋은 행동을 만듭니다.
사랑할 때만큼은 누구나 시인이 된다고 하는 것도 그런
까닭입니다.

좋은 관계를 유지하는 유일한 방법은 '그럴 수도 있어'
항상 상대방을 이해하려는 마음을 간직하도록 노력하는
것입니다.

가장 깊은 사랑

얼굴은 누구나 볼 수 있지만 마음은 누구에게도
보이지 않습니다.
섣불리 그 사람의 마음을 판단하려 들지 마세요.

남을 평가하기 좋아하는 사람은 아집에 빠지기 쉽습니다.
매사를 남과 비교하기 좋아하는 사람은 열등감이나
교만에 빠지기 쉽습니다.

사랑도 어린아이 같아서 잘 살펴주지 않으면 엇나가는 수가
있습니다.
다만 자기 자신을 상대보다 높은 곳에 세우는 어른 노릇은 절대
하지 마세요.

물이 거침없이 흐르기 위해서는 골짜기보다 몸을
낮춰야 합니다.
가장 깊은 사랑은 스스로 완벽하다고 믿는 게 아니라 자신의
부족함을 아는 것입니다.

집착

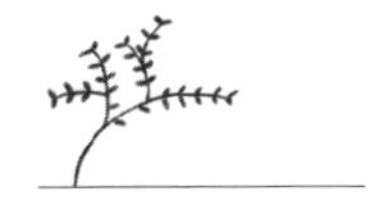

사랑은 많은 걸 변하게 만듭니다.
상대방에 대한 마음이 커질수록 상상도 하지 못했던 말이나
행동이 튀어나오기도 합니다.
생각보다 자신이 훨씬 옹졸한 존재란 사실을 느끼게 될 때도
있습니다.

속으론 이건 아닌데, 하면서도 끝도 없는 의심의 싹을
키울 수도 있습니다.
방법이 옳지 않다는 걸 알면서도 '사랑하니까!' 손바닥으로
하늘을 가리려고 합니다.
그러면서 내 안에 이런 무서운 것들이 숨어 있는지는 미처
몰랐다고 변명합니다.

집착은 시간이 갈수록 이성을 무디게 하고 잡념의 덩치만
키우는 괴물입니다.
사랑을 핑계로 자꾸만 어리석어지는 건 얼마나 슬픈
일인가요?
집착을 버리기 위한 가장 좋은 방법은 틈틈이 자신을 감시하는

것입니다.
누군가를 감옥에 가두려고 사랑을 하는 건 아니잖아요.

내일이 아니라 오늘, 나중이 아니라 지금 당장
자신을 불행하게 만드는 나쁜 습관과 결별해야만 합니다.

그럴 수도 있지

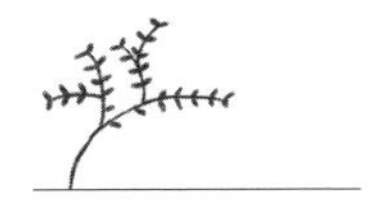

우리는 행복해지기 위해 사랑을 합니다.
상대방에게 마음을 써주는 것도 그렇게 해야만 내 마음이
행복하기 때문입니다.

받는 사랑보다 주는 사랑이 더 크다고 느껴질 수도 있습니다.
그러다 사소한 일에 상처받고 맥락도 없는 소설을 씁니다.
그 사람은 변했어.
나만 혼자 안달복달하는 건 아닐까?
어느 한쪽이 손해 본다고 느낄 때 갈등은 시작됩니다.

변한 건 아무것도 없는데 일방적인 상상만으로 서로를
괴롭히고 있는 건 아닐까요?

너그러움은 사랑의 본질 가운데 하나입니다.
간혹 상대방이 일반적인 연애의 상식에 어긋나는 행동을 해도
그럴 만한 이유가 있겠거니 용납해주는 것입니다.

권태기

사랑이라는 감정의 최대 약점은 시간입니다.
오롯이 그 사람만 눈에 보이는 절대적이고 맹목적인 감정은
생명력이 길지 않습니다.
죽음도 갈라놓지 못할 것 같던 연인 사이에도 권태기는 복병처럼
다가옵니다.

세상에 영원한 건 없다는 사실을 받아들이기가 왜 그렇게 힘이
들까요?
힘들어도 조금만 여유를 가지세요.
사랑도 가끔은 휴식이 필요하다잖아요.
서운한 것만 보지 말고 더 좋은 생각에 집중하세요.

원망하고 슬퍼하는 마음으로 연인과의 소중한 시간을 흘려버리지
말아요.
부정적인 감정에 속박당한 사람의 인생은 백 년도 하루나
마찬가지랍니다.

관심

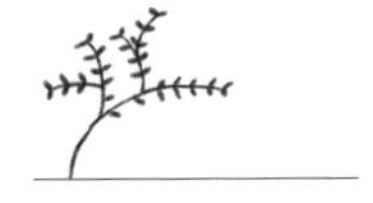

사랑받는 사람의 제일 큰 장점은 상대방에 대한 호기심이 많다는 것입니다.
무관심은 열정을 식게 만드는 제일 빠른 방법입니다.

사랑은, 발견하는 것이고 표현하는 것입니다.
만남이 아니면 얻지 못했을 기쁨, 달라진 일상의 즐거움들을 말로 표현해보세요.
사랑한다면 상대방의 장점을 발견해주는 일만큼은 선수가 되어야 합니다.

사랑의 역사는 관심의 역사, 마음 보여주기의 역사입니다.
표현에 인색한 사랑은 수명이 짧을 수밖에 없습니다.
가슴에 품은 진심만으론 부족합니다.

역지사지

한 제자가 공자에게 물었습니다.
"행복한 인생을 살아가기 위해 평생 지켜야 할 규범은
무엇입니까?"
공자가 말했습니다.
"자기가 바라지 않는 바를 타인에게 바라지만 않으면 된다."

사람의 마음이란 다 같은 것입니다.
힘들 때 당신이 바라는 걸 먼저 선물하는 건 어떨까요?

사랑은 일방적인 조공(朝貢)이 아닙니다.
연인을 노예로 만들진 마세요.

적당한 거리 두기

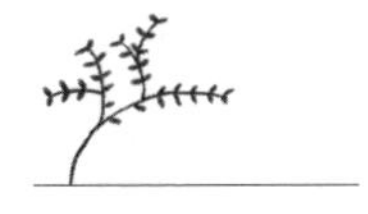

연인끼리도 포용이 지나치면 희생이 되고 관심이 지나치면 간섭이 됩니다.
조금 불안해 보이더라도 한 걸음만 떨어져서 지켜보세요.
당신도 약한 모습 보이고 싶지 않을 때 있잖아요.

사랑한다고 모든 걸 나눠 가질 순 없어요.
상대방이 예민하게 굴 땐 그만한 이유가 있을 거예요.
위로나 격려를 굳이 행동으로 표현할 필요는 없습니다.
대신 조용히 자리를 비켜주세요.
당신은 언제든 그가 기댈 수 있게 어깨를 비워놓기만 하면 돼요.

마음이 보이지 않는 사랑

'일체의 희망을 버려라.'
단테가 쓴 『신곡』에서 지옥의 문에 내걸린 경구입니다.

세상을 다 가지겠다는 것도 아닌데
사람 하나 마음에 두기가 왜 이렇게 힘이 드는 걸까요?

시인 엘리엇이 당신에게 묻습니다.
"모든 기쁨을 함께 나누며, 무언의 기억 속에서 두 사람의 영혼이 함께 한다는 것을 느끼는 순간보다 더 강한 것이 있을까?"

마음이 느껴지지 않는 사랑은 허상입니다.
슬프지만 희망을 버려야 할 때입니다.
주기만 하는 사랑 때문에 더는 자신을 남루하게 만들지 마세요.

욕망과 열정 사이

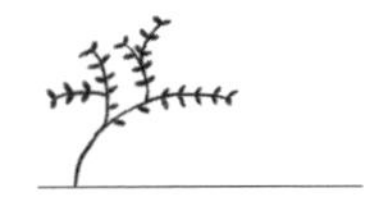

현자들은 말합니다.
"원하는 것을 소유할 수 있다는 것은 커다란 행복이다. 그보다 더 좋은 건 우리가 갖고 있지 않은 것을 원하지 않는 것이다."

현명한 사람은 적당한 선에서 마음을 비우는 방법을 알고 있습니다.
갖고 싶다고 해서 다 가질 수는 없다는 것을 알기 때문입니다.

사랑하면 그 사람의 모든 것이 궁금해집니다.
그렇다고 상대방이 원치 않는 일까지 속속들이 알아내려고 하진 말아요.
연인 사이에도 넘지 말아야 할 선이 있으니까요.
경계를 넘는 순간 열정은 집착이 되고 탐욕이 됩니다.

험담

심사가 사나우면 입에서 나오는 말이 거칠어집니다.
어쩔 수 없어요. 그게 사람이니까.
이런 날은 되도록 혼자만의 시간을 가져보는 건 어떨까요?

연인과 대화하면서 다른 사람의 나쁜 행실을 소재로 삼지 마세요.
사실이 어떻든 당신은 단지 험담하기 좋아하는 사람으로 보일 뿐입니다.

같이 있는 자리에서 누가 남을 비난하더라도 섣불리 동조하지 마세요.
듣기 좋은 말만 하라는 게 아니라 가급적 나쁜 말을 입에 담지 말라는 것입니다.
당신은 본의 아니게 타인의 흠집을 들춰내기 좋아하는 사람으로 비칠 수도 있으니까요.

좋은 사람으로 기억되고 싶으면
나쁜 말을 입에 올리지 않는 것만으로도 충분합니다.

타인의 사랑법과 비교하지 않기

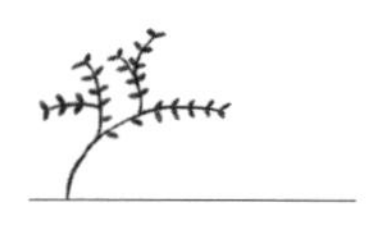

사랑이란, 다른 사람의 행복이 궁극적으로 내 것이 되는 것이라고 합니다.
그렇다고 처음부터 끝까지 행복하기만 한 건 아닙니다.
모든 관계와 마찬가지로 사랑 또한 인내가 필요한 소통의 과정입니다.

사랑하는 사이에도 종종 불협화음이 일어날 수 있습니다.
어쩌다 말싸움이 격해지면 차라리 모든 걸 놓아버리고 싶은 생각이 들기도 합니다.
상대방이 내가 알던 사람이 아닌 것처럼 보일 때도 있습니다.

모든 현상에는 원인이 있습니다.
혹시 너무 많은 걸 기대했던 건 아닐까요?

연인관계에서 위험신호가 터지는 건 내가 받는 사랑을 남과 비교할 때입니다.

진짜 바보 가짜 바보

일방적으로 받기만 하려는 건 어린아이들의 사랑입니다.
당신이 원하는 건 상대방도 간절히 바라고 있다는 걸 기억하세요.

순수한 사랑은 때로 사람을 바보로 만들기도 합니다.
그만큼 당신을 귀하게 여기기 때문입니다.
세상 그 어떤 사람이 그토록 당신에게 마음을 써줄 수 있을까요?

사랑에도 의무가 있습니다.
가끔은 너무 받는 것에만 익숙해져 있지 않나 자신을 돌아보세요.
사랑은 서로에게만 특혜를 주는 축복입니다.
나를 아껴주는 착한 사람을 진짜 바보로 만들진 마세요.

힘들어도 웃게 해주는 사람

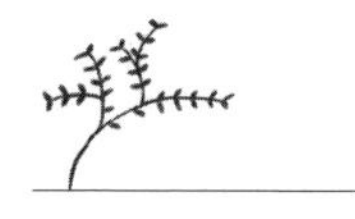

사랑하는 사람에겐 다소 과장된 행동을 해도 흠이 되지 않습니다.
시름에 빠진 연인을 위해 한 번쯤 다른 모습을 보여주는 건 어떨까요?

현자들은 말합니다.
"어리석은 사람은 인생의 기쁨을 경멸하는 것이 대단히 심오한 철학인 줄 알고, 마치 자기는 그보다 더 나은 것을 가지고 있다는 듯이 행동한다."
좋은 사람들과 기쁨을 나누면서 자신에게 주어진 시간을 충실히 살아가는 것.
삶의 본질은 대단한 데 있지 않습니다. 하물며 사랑입니다.
지금 당신의 연인에겐 백 마디 진리의 말보다 웃음 한번이 절실할 수도 있습니다.

그 사람이 웃으니 당신은 더 행복하지 않나요?

후회를 남기지 않는 사랑

죽음이 임박했음을 느끼는 사람에겐 평온한 상태로 생을 마감하는 것만이 유일한 희망이라고 합니다.
밀물 같은 사랑이 썰물이 되었을 때 당신의 희망은 무엇입니까?

우리는 어제와 마찬가지로 오늘도 내일도 변치 않을 것이란 믿음으로 누군가를 사랑합니다.
하지만 사랑이란 감정은 부지불식간에 시들고 병이 들어 우리를 혼란에 빠뜨립니다.
서로가 있어 행복했던 기억마저 아득한 과거의 한 장면으로 남고, 이제는 연인관계의 소멸 혹은 종말을 고할 일만 남았습니다.

어쩌다 이 지경이 됐는지 누굴 탓할 수도 없습니다.
변한 건 신도 어쩌지 못하는 사람의 마음이니까요.
그러므로 상대방도 무죄, 당신 또한 무죄입니다.

상황을 되돌릴 수 없다면 받아들이는 수밖에요.
그 대신 당장 내일 헤어져도 후회가 남지 않을 만큼 사랑하세요.
아직 다 주지 못한 사랑이 있다면 이별은 잠시 미뤄둡시다.

감정의 줄다리기

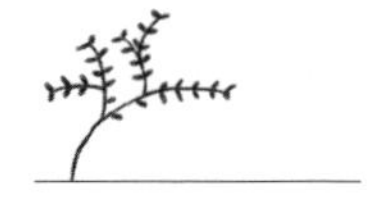

현자들은 말합니다.
"자기에게는 엄격하게 대하고 벗들에게는 겸손하게 대하라.
그러면 그대의 적은 사라질 것이다."

팽팽한 줄을 양쪽에서 끌어당기면 결국 줄은 끊어지고 맙니다.
사랑한다면 당신이 먼저 힘을 풀어보세요.
갈등을 해결하는 최상의 무기는 '일단 멈춤' 입니다.
상대방이 옳지 않은 말을 하더라도 절대로 흥분하거나 언성을
높이진 말아요.
'생각이 다를 수도 있지.'
고개를 끄덕여주는 것만으로도 분쟁을 멈출 수 있습니다.

소중한 사람을 위해 잠시만 귀를 열어주세요.
말싸움에서 이기고 지는 게 뭐 그리 중요한가요.

용서

용서는 누군가를 사랑하는 동안에나 할 수 있는 일이라고 합니다.
이미 용서했다면 잊어버리는 게 맞습니다.
지나간 일을 자꾸 떠올려서 남는 건 상처뿐입니다.

가슴에 박힌 상처가 아주 없었던 일처럼 영원히 사라질 수는 없습니다.
그럼에도 불구하고 상대방을 용서했다는 사실조차 잊어주는 게 사랑입니다.
내가 더 아팠다는 생각으로 서로를 가해자로 만들지는 말아요.

상대방이 달라졌다면 다시 시작할 이유가 됩니다.
진정한 용서는 앙금을 남기지 않는 것입니다.

행복의 느낌

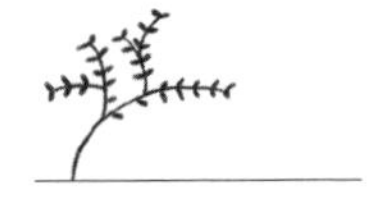

신은 만족을 모르는 인간을 위해 '느낌'이라는 구원을
선사했다고 합니다.
행복은 주관적인 감정입니다.
스스로 좋은 느낌을 갖지 않으면 인생이 온통 불만으로 가득
차게 됩니다.

현자들은 말합니다.
"완전이라는 것은 아무것도 보탤 게 없는 상태가 아니라
더 이상 바라지 않는 상태를 말한다."

자신이 행복한 사람인지 아닌지를 느낄 수 있는 건 오직 자기
자신뿐입니다.
세상 꼭대기에 앉아 자꾸 위만 쳐다본다면 그는 여전히 불행한
사람입니다.

지금 당신은 어떤 상태인가요?

시들해진 사랑을 위한 마법

설렘은 연애의 기초가 되고 사랑을 지속하는 에너지가 됩니다.
그런데 이 에너지는 수명이 매우 짧다는 흠이 있습니다.

설렘이 없는 만남은 사람을 게으르게 합니다.
이제 당신의 사랑을 점검해볼 시간입니다.

시들해진 일상에 활력소가 필요하다고 생각되면 초심으로 돌아갈 때입니다.
추억은 우리가 생각하는 것보다 훨씬 생명력이 강합니다.

열정을 되살리기 위한 또 다른 방법은 스스로에게 마법을 거는 것입니다.
부정적인 생각은 털어버리고 멋진 그림을 떠올려보세요.
그리고 마음속으로 크게 외치는 겁니다.

"지금이 참 좋다!"
"그 사람이 있어 참 좋다!"

쓸쓸한 당신의 저녁을 위하여

이별이 슬픈 이유는 더 이상 추억을 공유할 상대가 없어졌다는
사실 때문입니다.

미치도록 나를 사랑하지 않아서 그 사람이 떠났다고
죽도록 그 사람을 그리워하지 않아서 결국은 혼자라고
되돌릴 수 없는 상황을 두고 한사코 자신을 몰아세우지
마세요.
이미 건너온 강 너머에 미련 두지도 말아요.

새로운 추억으로 지나간 슬픔을 묻어버리세요.
그리고 더 멋지고 아름다운 사랑의 역사를 연출하세요.
당신은 더 많이 강해져야 합니다.

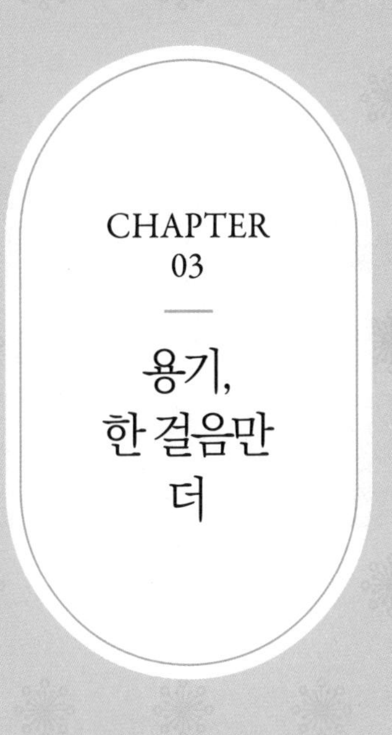

CHAPTER 03

용기, 한 걸음만 더

자신만의 램프를 밝혀라

핀란드 속담에 이런 말이 있습니다.
"아침이 오지 않을 만큼 긴 밤은 없다."
핀란드는 백야(白夜)와 흑야(黑夜)가 공존하는 나라입니다.
여름엔 백야가, 겨울엔 흑야가 닥칩니다.

백야가 되면 하루 3시간 정도만 어두워지고

흑야가 되면 하루 3시간 정도밖에 해를 볼 수 없습니다.
여름이 깊어질수록 해는 더 길어지고
겨울이 깊어질수록 밤은 더 길어집니다.

낮이 길다고 계속 깨어 있을 수도 없고 밤이 길다고
잠만 잘 수는 없습니다.
핀란드 사람들이 생각해낸 건
인위적으로 낮과 밤을 구분하는 것입니다.
백야의 계절이 오면 밤에 두꺼운 커튼으로
완벽하게 빛을 차단하고
흑야가 시작되면 가정마다 거실이나 부엌 창가에 램프를
매달아 놓습니다.

그곳 사람들이 '키르카스발로람프'라고 부르는 램프는
우울증을 예방한다고 합니다.
램프를 쬐고 있으면 모자란 햇빛으로 인해 가라앉았던
마음이 한결 밝아진다고 하네요.
우리도 자신만의 램프 하나쯤 가져보는 건 어떨까요?

휴식이 있는 삶

평생 일하지 않고도 풍족하게 살아가는 사람은 행복할까요?
목표가 없는 인생만큼 따분한 삶이 또 있을까요?
육체는 열심히 움직이길 원하고 영혼은 재능을 인정받을 때
쾌감을 느낍니다.

우리는 누구나 일할 수 있는 몸과 재능을 가졌습니다.
그리고 달콤한 휴식과 안정을 원합니다.
일하지 않는 사람에게 애당초 휴식이란 없습니다.
그에겐 다만 주체할 수 없을 만큼 무료한 시간이 있을 뿐입니다.

현자들은 말합니다.
"불행은 불가항력적인 현상은 아니다. 그것은 어디까지나 인간이
만들어내는 현상이다."
인생은 마음이 자신을 비추는 거울이랍니다.
스스로 자신을 어떻게 보느냐에 따라서 인생의 그림이 달라지는
것입니다.

‘왜’가 아니라 ‘어떻게’

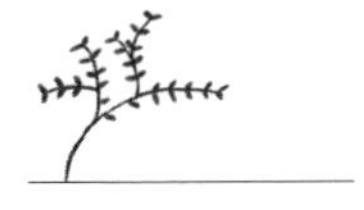

역경이 닥치면 ‘왜’냐고 묻기 전에 ‘어떻게’를 생각하세요.
왜 하필 이런 일이 생겼는지는 나중에 따지기로 해요.
생각은 위기를 벗어난 다음에 해도 늦지 않으니까요.

고난을 극복할 최대 변수는 자신감입니다.
어림짐작만으로 상황을 절벽으로 몰아가진 말아요.
삶이 위태로운 요인은 언제나 불안감에서 비롯됩니다.
당신은 두려움 때문에 지레 겁을 먹고 자꾸만 뒷걸음질치고
있지는 않나요?

물이 얕은지 깊은지는 직접 그 물에 발을 담가본 사람만이 알
수 있습니다.
생각보다 물이 깊다면 잠시 멈춰서 방법을 찾아보세요.
누군가는 어떤 식으로든 그 길을 건너갔을 것입니다.

‘할 수 있다’는 마음만으로 부족할 땐 ‘해야 한다’로
바꿔보세요.

관용

미움을 미움으로 갚으려면 얼마나 많은 에너지가 필요할까요?
살면서 제일 괴로운 일이 미워하는 사람을 마음에 두는 일이라고 합니다.
미움의 감정은 우리가 생각하는 것 이상으로 꼬리가 길기 때문입니다.

아무리 미워해도 상대방으로 인해 고통스러웠던 사건 자체는 사라지지 않습니다.
스스로 그 사슬을 끊어버리지 않는 한 언제까지나 마음은 분노로 가득 차 있습니다.

미움으로 병든 마음을 치유할 수 있는 길은 당신의 내면을 다스리는 것뿐입니다.
스스로 마음을 베풀어 분노로부터 자신을 구하세요.

미워하는 사람을 갖지 않는 것만으로도 인생이 행복해질 수 있습니다.

타인에 대한 평가

성경은 말합니다.
"제 눈의 들보는 보지 못하면서 어떻게 형제의 눈 속에 있는 티를 빼주려 하느냐?"

타인에 대해 이러쿵저러쿵 평가하는 건 옳지 않습니다.

자신에 대해서도 잘 알지 못하는 인간이 어떻게 남의 마음속 일을
알 수 있을까요?

상대방이 어떤 모습을 하고 있더라도 그것이 전부는 아닙니다.
당신도 누군가 자신의 단면만을 보고 평가하는 걸 원치 않을
겁니다.
남들도 똑같습니다.

멀리서 보면 잔잔히 고여 있는 것 같아도 강물은
쉴 새 없이 흐릅니다.
우리가 보는 강물이 한결같지 않은 것처럼 사람이
언제나 한결같을 순 없습니다.
그 입장에 서보기 전에는 남의 일을 함부로 판단하지
말아야 합니다.

선행

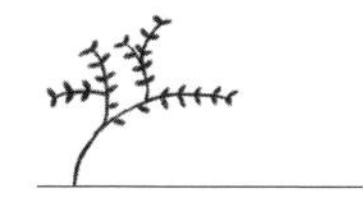

현자들은 말합니다.
"완전한 선은 이미 그 행위 속에 보답이 내포되어 있다.
보답을 바라고 행하는 선은 그 자체의 의미가 말살된 것이다."

산타클로스는 세상에 많은 기쁨을 선사했지만 아무도 그 진짜 이름을 모릅니다.
다만 그가 어떤 보답을 바라고 선행을 베푼 것이 아니라는 사실만은 분명합니다.
남에게 도움이 되는 인생을 살 수 있다면 축복받은 사람입니다.
그는 삶의 진정한 가치를 실현했기 때문입니다.

누구나 열심히 노력하면 부자가 될 수는 있습니다.
하지만 부자라고 해서 누구나 축복받은 인생을 살 수 있는 건 아닙니다.
어리석은 부자는 남에게 좋은 일을 하고도 자신을 초라하게 만듭니다.

어떤 사람은 말합니다.
굳이 보답을 바라지는 않았지만 내 마음만은 알아주기를 원했다고.
말은 그럴듯해도 결국 그 진심은 자신을 드러내고 싶었던 것 아닐까요?

자화자찬

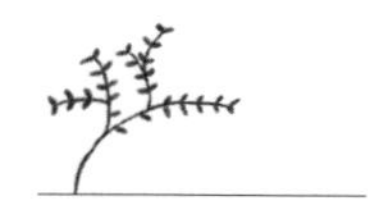

현자들은 말합니다.
"인간은 자기의 육체를 스스로 들어 올릴 수 없듯이 스스로 자기를 높일 수도 없다. 자신을 높이기 위해 수단을 쓰면 쓸수록 자기의 허물은 더 크게 나타난다.
겸손하다고 스스로 말하는 자는 결코 겸손한 자가 아니다.
자신에 대해 침묵하는 자가 사실은 제일 현명하다."

지혜로운 사람은 자기 자신에 대한 말을 아낄 줄 압니다.
그 대신 남의 말에 더 많이 귀를 기울입니다.
누가 나를 부정적으로 평가한다면 스스로 원인을 찾아볼 줄도 압니다.

타인의 호감을 얻는 가장 좋은 방법은 스스로를 드러내지 않는 것입니다.
그 사람의 가치를 높여주는 장점은 남들이 더 잘 알아보기 때문입니다.

바보와 위선자의 차이

길거리에 쓰레기 버리지 않기, 약한 사람 괴롭히지 않기 등등.
인간으로서 지켜야 할 중요한 덕목에는 여러 가지가 있습니다.
바보들은 몰라서 잘못을 저지르기가 쉽습니다. 그러나 사람들은
대부분 모르고 한 일에 대해선 비교적 관대한 편입니다. 잘 모르는
부분을 가르치려고 할지언정 그를 정의롭지 못하다고 비난하지는
않습니다.

문제는 알고도 하는 행동입니다.
사회적 규범을 일일이 지켜가면서 산다는 게 피곤한 일이기는
합니다.
누가 보지 않을 땐 슬쩍 무시해버리기도 합니다.
바보와 위선자의 차이가 여기에 있습니다.

바른 생활이 인간다운 삶의 유일한 조건은 아닐 것입니다.
그러나 이는 가장 기본적인 조건에 속합니다.
기본만 지키고 살아도 남에게 손가락질받을 일은 없습니다.

성찰

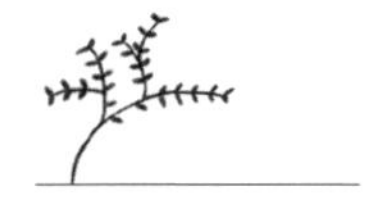

이렇게 사는 게 과연 옳은 일일까?
10년, 20년 후의 나는 지금의 선택을 후회하지 않을 수 있을까?

때론 자기 자신을 돌아보는 것이 견디기 힘든 일이 될 수도
있습니다.
현실은 마음에 안 들고 과거는 돌이킬 수 없습니다.
어쨌든 우리가 짊어지고 가야 할 인생입니다.

삶은 무수한 갈림길의 연속입니다.
우리는 뼈를 깎는 경험을 통해 자기 인생을 책임지는
법을 배우게 됩니다.
성공과 실패의 확률은 반반입니다.
많은 걸 잃어버릴 수도 있지만 모든 걸 얻을 수도 있는 게
인생입니다.

자주 자신을 돌아보세요.
진정한 성찰이 없으면 남의 인생에 묻어가는 법 말고는
아무것도 깨우치지 못합니다.

고집

현자들은 말합니다.
"사람은 의지가 강해서라기보다 무능함을 가장하기 위해 고집을 피울 때가 많다. 그런 고집쟁이와는 다툴 일만 생길 뿐 그를 변화시키지는 못한다."

어떤 사람이 고집 센 당나귀를 몰고 산을 오르는 중이었습니다.

당나귀는 큰길을 놔두고 자꾸 낭떠러지 쪽으로 가려고 했습니다.
놀란 주인이 당나귀를 끌어 올리려고 꼬리를 잡아당겼습니다.
그러나 당나귀는 계속 고집을 부리며 낭떠러지가 있는 쪽으로
발을 뻗댔습니다.
한동안 그렇게 잡아당기고 내빼고 하는 씨름이 계속되었습니다.
힘이 빠진 주인은 당나귀의 꼬리를 놓아버렸습니다.
결국 당나귀는 낭떠러지 아래로 떨어져 다리가 부러지고
말았답니다.

자기주장이 강한 사람은 흔히 당나귀와 비유됩니다.
그에겐 무슨 말을 해도 낭떠러지로 가는 발길을 멈출 수가 없습니다.
고집을 꺾으려 할수록 더욱더 흥분해서 목청을 높이는 게 이런
사람들의 특징입니다.

모든 사람을 다 끌어안을 필요는 없습니다.
나 살기도 바쁜 인생이니까요.
누군가 이런 명언을 남겼습니다.
"바보와 죽은 사람만이 결코 자기의 의견을 바꾸지 않는다."

호의

우리는 어떤 식으로든 남과 협력하며 살아갑니다.
남을 도와줄 때도 있고 본의 아니게 신세를 져야 할 때도 있습니다.
그러나 일방적으로 도움을 주거나 받기만 하는 관계는
오래 유지될 수가 없습니다.
사람이 언제까지나 너그럽기만 할 수는 없기 때문입니다.

살면서 가장 경계해야 할 것은 정신의 게으름입니다.
게으름이 습관이 되면 자존심마저 잃게 됩니다.
오늘만, 오늘만 하는 타성에 젖은 습관은 양심을
무뎌지게 만듭니다.

내가 하기 싫은 일은 남들도 하기 싫은 법입니다.
타인의 노동 가치를 존중하는 마음을 갖지 못하는 사람은 도와줄
이유가 없습니다.
동정심이나 연민 따위로 자신을 희생시키진 말아야 합니다.

호의로 시작된 일이 악연으로 끝난다는 것만큼
슬픈 일은 없습니다.

변화

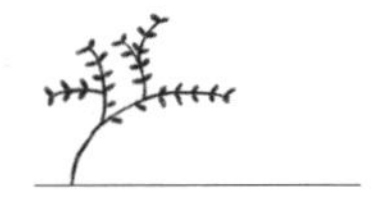

현자들은 말합니다.
"사람은 같은 강물에 두 번 몸을 담글 수는 없다. 두 번째는
이미 다른 강물이기 때문이다."

누군가가 나를 힘들게 할 때 우리는 대개 상대방이
바뀌기를 기대합니다.
하지만 사람의 마음이란 그리 쉽게 바뀌지 않습니다.
가장 빠르고 효과적인 변화는 자기 자신의 태도를
바꾸는 데서 시작됩니다.

항상 같은 문제로 다투는 부부가 있습니다.
아내는 남편의 무관심을 불평하고 남편은 늘 화만 내는 아내를
원망합니다.
어느 날 아내가 남편에게 물었습니다.
"당신은 날 사랑하나요?"
아내의 물음에 남편은 진심으로 고개를 끄덕였습니다.
"당신이 정말 날 사랑한다면, 왜 내가 원하는 대로
해주지 않는 거죠?"

다시 아내가 묻자 남편이 똑같이 반문합니다.
"당신이 정말 날 사랑한다면, 왜 내 성격이 원래 그렇다는 걸 이해해주지 못하는 거지?"

세상에서 제일 설득하기 쉬운 상대는 자기 자신입니다.

역발상

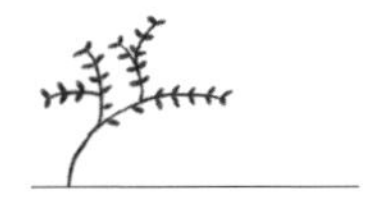

현자들은 말합니다.
"최후의 승자는 역경 속에서 자신의 진가를 발견해 낸 사람이다."
어떤 곤란이 닥쳐도 자신에 대한 기대를 저버리지만 않으면
살아남을 수 있습니다.

시련은 항상 문제와 함께 답을 들고 나타납니다.
침착하게 지나온 길을 되돌아보십시오.
당신은 어딘가에서 방향을 잘못 잡은 것뿐입니다.

길이 아닌 것처럼 보이는 곳에도 길은 있습니다.
가지 않은 길에 답이 있을 수도 있습니다.
과감하게 두려움의 문을 열어젖히고 앞으로 나아가세요.
때때로 직감은 그 어떤 상식보다 영험한 힘을 발휘합니다.

아무것도 가진 게 없는 사람은 누구보다 강한 에너지를 갖고
있습니다.
이제 그에게는 부족한 것을 채울 일만 남았으니까요.

절제

현자들은 말합니다.
“전쟁에 승리한 장수보다 더 큰 승리를 거둔 사람은 자신의 욕망을 극복한 사람이다.”

나쁜 습관을 버려야 한다는 생각은 누구나 할 수 있습니다.
다만 생각났을 때 당장 그것을 버리는 사람과 결심만으로 끝나는 차이가 있을 뿐입니다.
안 좋은 걸 알면서도 멈추지 못하는 건 습관에 길이 들었기 때문입니다.
그렇다고 너무 자신을 나무라진 마세요.

현명한 마부는 말이 속을 썩인다고 곧바로 고삐를 집어던지지는 않습니다.
사나운 말을 길들이려면 더 세게 고삐를 잡아당기는 수밖에 없습니다.
절제란 스스로 고삐를 집어던지지 않도록 자신을 다스리는 것입니다.

유혹에 빠진 자신에게도 용기를 주십시오.
이제 그 고삐를 단단히 거머쥘 차례입니다.

극기

옛날 어떤 왕이 투계사에게 닭 한 마리를 내주곤
세상에서 제일 훌륭한 쌈닭으로 키워보도록 명을 내렸습니다.
열흘이 지나자 이 닭은 다른 닭이 가까이 오면
무조건 달려들어 싸우려고 했습니다.
투계사는 이 닭을 쌈닭으로 쓰려면 아직 멀었다고 왕에게
보고했습니다.

다시 열흘이 지났습니다.
닭은 전처럼 공격적이진 않아도 상대를 노려보며
호시탐탐 싸울 기회를 엿보았습니다.
투계사는 여전히 이 닭이 쌈닭으론 적합하지 않다고 했습니다.
그렇게 한 달이 지나자 왕은 마침내 훈련이 끝났다는
보고를 들을 수 있었습니다.
왕이 그 연유를 물었더니 투계사는 다음과 같이
대답했습니다.
"이 닭은 이제 다른 놈들이 싸움을 걸어와도
꼼짝을 하지 않습니다.
이 정도면 어떤 상대와 대적해도 이길 자신이 있습니다."
어리석은 자는 다른 사람을 굴복시키기 위해 싸웁니다.
그러나 지혜로운 사람은 남에게 부끄럽지 않은
자기를 위해 싸웁니다.

반전

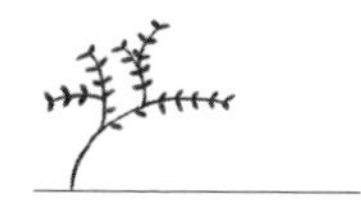

영국의 어느 골동품 상점 주인이 값비싼 도자기를 건네며
심부름꾼에게 말했습니다.
"백작에게 전해주고 한 시간 안에 돌아오면 일당의 두 배를
주겠네."
거센 폭우가 내렸으나 가난한 심부름꾼에겐 선택의 여지가
없었습니다. 그 돈이면 가족을 굶기지 않을 수 있었으니까요.

심부름꾼은 워낙 귀한 물건이라 한 걸음 한 걸음이
조심스럽기만 했는데, 도중에 커다란 웅덩이를 만났습니다.
마음이 급한 나머지 웅덩이를 피해 냅다 달렸습니다. 그러다
발이 미끄러져 그만 도자기를 깨뜨리고 말았습니다.

"늦더라도 천천히 갈 걸! 나는 살기 위해 최선을 다했으나
이미 때는 늦었다."
심부름꾼은 길바닥에 주저앉아 하염없이 눈물을 흘렸습니다.
자기 능력으로는 도저히 물건값을 변상할 재간이 없어
가족들에게 해가 미치기 전에 차라리 죽는 게
낫다고 생각한 거죠.

그런데 그가 죽으려는 결심으로 깨진 도자기를 부여잡고 통곡하는 동안 놀라운 반전이 일어났습니다. 뒤늦게 물건이 가짜란 걸 알게 된 골동품상이 마차를 타고 백작을 찾아가 거래를 취소하기로 합의한 것입니다.

살이 있는 한 '이미 늦은 때'란 없습니다.

감정

다른 사람들과 잘 지내기 위해서 억지로 웃음을 보일 필요는
없습니다.
그렇다고 속에 있는 감정을 그대로 내비칠 필요도 없습니다.
이왕 자리를 함께했다면 웃는 낯으로 악수를 청할 정도의
아량은 베풀어주세요.
다음 만남의 선택은 악수가 끝난 뒤에 해도 늦지 않습니다.

사람들은 의외로 사소한 감정의 흔들림에 쉽게 자신을
드러내는 경향이 있습니다.
인간관계에서 크게 틈이 벌어지는 것은 대부분 이런 감정을
억제하지 못하기 때문입니다.
평범하게 지나칠 수 있는 일도 감정이 한쪽으로 기울어진
상태에선 중심을 잃게 됩니다.

좋은 기분으로 상대를 대할 수 없다면 한 걸음 물러서는 게
상책입니다.
멀찍이 떨어져 있을 때도 그 감정이 사라지지 않는다면
시간이 필요하다는 증거입니다.

감정이란 그릇이 기울면 엎질러지는 물과 같아서 한 번 쏟아지면 그만입니다.

노력해도 상황이 달라지지 않는다면 더 이상 감정노동은 무의미하다고 판단해도 좋습니다.

생활

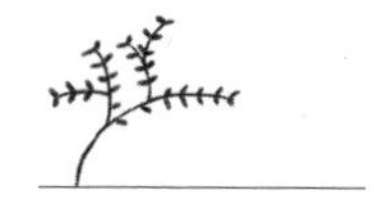

해야만 한다.
하기 싫다.
할 수 없다.
하지 말자.
산다는 건 이 네 가지 마음의 상태를 둘러싼 갈등의
연속입니다.

생활에 무슨 이유가 필요할까요?
살아 움직이는 건 하기 싫어도 해야만 하는 일이고
불가능해 보이지만 할 수는 있는 일이라는 건
우리들 자신이 누구보다 잘 알고 있습니다.

살아가는 일이 지치고 힘이 들 땐 가만히 눈을 감고 내일을
그려보세요.
목표가 있는 삶은 외롭지 않습니다.

첫눈을 기다리는 마음으로

현자들은 말합니다.
"이 세상 어디에 기쁨이 있느냐고 묻지 마라. 인생은 끊임없는 기쁨이어야 하며 인생 자체가 기쁨이 될 수 있어야 한다."

스스로 기쁨을 찾지 못하는 삶은 그저 그런 습관일 뿐입니다.
일상의 소소한 변화 속에서 행복을 느끼는 사람에게
세상은 즐거운 놀이터가 됩니다.
첫눈이 아름다운 건 기다림이 있기 때문이라지요.
두 번째 세 번째 눈이 아무리 풍성해도 첫눈처럼 마음을
설레게 하지 못합니다.

나는 기도합니다.
당신의 인생이 매일 첫눈처럼 새롭게 느껴지길.
그리하여 머지않아 따스한 봄날의 기쁨을 맞이하기를.

인생의 무대에서

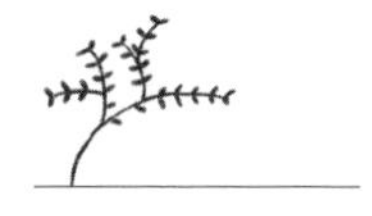

인생은 종종 연극무대에 비유되곤 합니다.
우리는 각자 자신이 맡은 역을 어떻게 연기할 것인가를
결정해야 합니다.

"나는 어떤 배역이든 잘 해낼 수 있어!"
사는 일이 힘들 때마다 당신 자신을 격려하세요.

"나는 여기까지야."
행여 이런 생각일랑 걷어치우세요.
"나는 작은 일에도 만족할 줄 아니까!"
어설픈 변명도 하지 말아요.
무대에 오르기도 전에 스스로 능력에 한계를 긋는 건
이솝우화에서 여우가 말하는 신포도와 무엇이 다를까요?

포기는 갈 데까지 가본 사람만이 할 수 있는 선택입니다.
아직 당신은 해보지 않은 게 많이 있잖아요.

살아야 하는 이유

현자들은 말합니다.
"희망이 가라앉는 것은, 해가 지는 것과 같이 인생의 빛이 사라지는 것이다."

유능한 경영자는 중요한 임무를 맡기기 전에 그 사람의 이력을 꼼꼼히 살핀다고 합니다.

그는 특히 어떤 면을 눈여겨볼까요?
일이든 가족이든 사랑이든.
경영자들이 가장 염두에 두는 것은 '그가 살아야 하는
이유'라고 합니다.

삶은 비우고 채우는 여정입니다.
부족한 게 있다는 건 능력이 모자라서가 아니라 내 힘으로
더 채울 거리가 많다는 뜻이기도 합니다.

어떤 사람은 이렇게 말합니다.
"나는 가진 것도 없고 사랑해주는 사람도 없으니 살아갈
이유가 없어."
살아서 푸념이라도 하는 이 순간이 이미
죽은 사람에게는 소망을 이룰 수 있는 단 한 번의 기회였음을
몰라서 하는 말입니다.

기적

현자들은 말합니다.
"삶은 인식이다. 내가 어떤 한계 안에 있는가, 아니면
자유에 속해 있는가를 인식하는 것이다."

기적은 신이 내리는 게 아니라 인간의 의지가
만들어내는 것입니다.
신이 기적이란 걸 선사할 만큼 인간을 사랑했다면
시련이나 고난 따위도 없어야 합니다. 절망도 포기도
결국은 인간의 마음속에서 이루어지는 일입니다.

때때로 인생은 수학의 공식처럼 딱 맞아떨어지는
결론을 요구합니다.
오늘 내가 이렇게 살 수밖에 없는 것은 분명 이유가 있습니다.
의지가 없으면 성과도 없습니다.
투자한 것만큼 거두는 게 인생입니다.

가까운 사람에 대한 예의

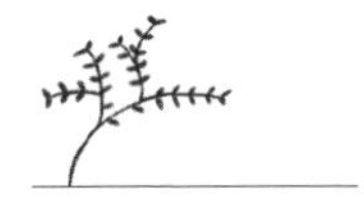

친밀한 관계라고 해서 모든 게 용납되는 건 아닙니다.
우리의 결점이나 단점이 가장 드러나기 쉬운 건
익숙하고 편안한 상대 앞입니다.
친하니까, 사랑하니까 해도 좋은 실수는 없습니다.

부모가 아무리 자식을 사랑해도 상처받을 때가 있습니다.
안 좋은 버릇이 있다면 누구 앞에서나 조심해야 합니다.
고약한 습관 하나만 버리면 될 문제를 가지고 누굴 원망할
까닭이 없습니다.

완전한 기쁨을 줄 수 없다면 완전한 이해를 구하지도
말아야 합니다.

가식

현자들은 말합니다.
"단순하게 보이도록 꾸미는 사람은 누구보다도 단순하지 못하다.
계획적인 단순은 가장 불쾌한 기교이며 가장 큰 허식이다."

단순하다는 건 자연스럽다는 말과 같은 뜻입니다.
천성이 소박하지 않은데 소박한 사람 흉내를 내면 어떨까요?
남이 좋다고 하니까 따라 하는 말이나 행동이 사람을 더
천박하게 만들진 않을까요?

소박한 걸 좋아하는 사람은 소박하게, 화려한 걸 좋아하는
사람은 화려하게 사는 게 훨씬 자연스럽지 않을까요?
가난한 사람이 허세를 부리는 것만큼이나 화려한 걸
좋아하는 사람이 소박한 척 꾸미는 것도 꼴불견인 건
마찬가지입니다.

지혜로운 사람은 남의 장점을 보고 배웁니다.
그러나 어리석은 사람은 자신이 갖지 못한 것도 있는 듯이
꾸며댑니다.

참된 용기

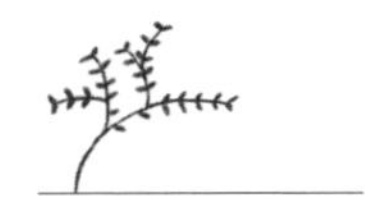

어느 나라 국경의 한 부대에서 있었던 일입니다.
병사가 사령관에게 달려와 중요한 요새를 적에게 빼앗겼다고 보고했습니다.
"어떻게 그럴 수가!"
사령관의 표정이 일그러졌습니다. 그러자 옆에 있던 아내가 그의 귀에 대고 조용히 속삭였습니다.
"저는 지금 더 절망적입니다."
"갑자기 그게 무슨 말이요?"
사령관이 언짢은 기색을 보이자 부인이 다시 입을 열었습니다.
"조금 전 저는 당신 얼굴에서 당혹감을 읽었어요.
요새는 언제든 다시 찾을 수가 있을 것입니다. 하지만 지휘관이 약한 모습을 보이는 건 군대를 전부 잃는 것보다도 나쁜 일입니다."

참된 용기는 가장 곤란한 순간에 비로소 모습을 드러냅니다.

인생은 거친 바다를 항해하는 여정과도 같습니다.
당신은 폭풍우와 맞서 싸울 준비가 돼 있나요?

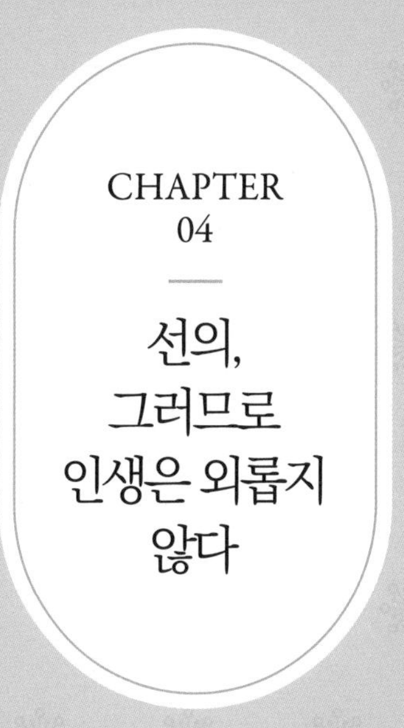

CHAPTER
04

선의,
그러므로
인생은 외롭지
않다

양심

인간의 마음은 나침반에 비유할 수 있습니다.
한쪽 끝은 옳은 것을 가리키고 다른 한쪽 끝은 그릇된 것을
가리킵니다.
옳은 쪽을 가리키는 것은 양심이고 그릇된 쪽을 가리키는 것은
유혹입니다.

양심의 외침보다 유혹에 더 쉽게 반응하는 건 인간의 속성이기도
합니다.
유혹의 속삭임은 강렬하고 단순합니다.
'망설일 것 없어. 이번 한 번만이야!'
그물에 걸려든 순간 두 번 세 번은 이미 쉬운 일이 됩니다.

양심이 시키는 일은 대개 고리타분하고 재미없는 일들입니다.
인내를 요구하는 일은 쉽게 사람을 매혹하지 못합니다.
우리가 옳지 않다는 걸 알면서도 종종 흔들리는 이유가
그 때문입니다.

나는 어떤 사람?

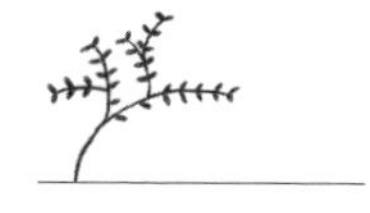

“넌 커서 뭐가 되고 싶니?”
자라면서 한 번쯤 이런 질문을 들어보았을 것입니다.
만약 질문의 방법이 조금 달랐더라면 어땠을까요?
“넌 커서 어떤 사람이 되고 싶니?”

같은 말인 것 같지만 뒤의 질문은 더 많은 생각을 요구합니다.
당신은 어떤 사람으로 기억되길 바랍니까?

부와 명예, 혹은 사회적 지위 같은 타이틀이
삶의 방향성이 될 순 있습니다.
그러나 단지 부자라서, 유명인이라서 그 인생을 성공적인
삶이라고 평가하진 않습니다.
사람의 가치는 재물이든 재능이든 그가 가진 것을 쓰는 방법에
따라서 달라집니다.

인생의 모든 가치는 사람으로 향합니다.
세상에서 가장 불쌍한 사람은 친구로 삼길 원하는 상대가
아무도 없는 사람입니다.

생각 차이

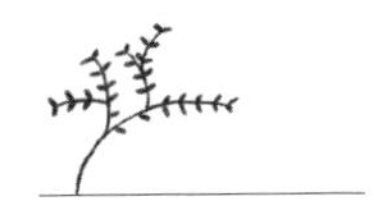

사이 좋은 부부는 살면서 얼굴이 닮아간다고 합니다.
사랑의 힘일까요?
아니면 세월?
꼭 그렇지만은 않을 겁니다.

좋을 땐 부모형제보다 가깝지만 돌아서면 남이라고 해서
부부는 무촌(無寸)이라 합니다.
살아온 환경이나 생각하고 행동하는 방식이 다른
두 사람이 한 울타리 안에 살다 보면
어쩔 수 없는 한계를 느낄 수도 있습니다.

"나는 이런데 당신은 왜 그래?"
갈등은 생각의 차이에서 비롯됩니다.

모든 사람이 같은 생각을 하고 있다면 세상이
얼마나 지루할까요?
나와 다른 게 이상하거나 나쁜 게 아니란 걸 받아들일 수만 있다면
생각의 차이를 이해하는 게 그리 어려운 일은 아닐 것입니다.

위로가 필요할 때

현자들은 말합니다.
"인간은 연약한 갈대에 지나지 않는다. 그러나 타인의 사랑이라는 혜택을 받은 갈대이다."

사는 일이 캄캄한 어둠에 갇힌 것처럼 막막하더라도
우리에겐 견뎌야 할 이유가 있습니다.
살아 있으니까.
신은 사랑의 소중함을 알게 하려고 인간에게
고독을 선사했답니다.
외로워도 당신은 혼자가 아니라는 사실을 기억하세요.

당신에겐 그런 소중한 사람이 있잖아요.
가끔은 이기적이어도 괜찮아요.
오랫동안 연락을 못 했으면 뭐, 어때요.
위로가 필요한 건 당신인데.

비밀

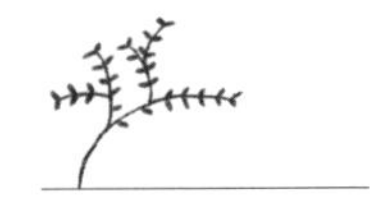

친한 사이라고 모든 걸 공유할 이유는 없습니다.
당신도 굳이 말하고 싶지 않은 이야기 한두 개쯤 있잖아요.
그러니 비밀을 가진 친구를 탓하지 말아요.
당신을 믿지 못하기 때문이라고 생각하지도 말아요.
밖으로 끌어내기엔 아직 그 사연이 너무
아프기 때문일지도 몰라요.

인간은 자연의 신비를 파헤치려 수천 년을 애써왔으나
그 전부를 알지는 못합니다.
그렇다고 인간이 자연을 원망할 수는 없습니다.
다만 스스로 속을 열어 보일 때까지 조금씩 가까이 갈 뿐.
자연이 그러하듯 친구에게도 그럴 만한 이유가 있을 겁니다.

지나치게 상대방의 속마음을 파고드는 건 집착이고 월권입니다.
공자는 이렇게 말합니다.
"아무리 가까운 벗일지라도 비밀을 털어놓지 말라. 그대가 아직
벗에게 충실하지 못했는데 어찌 그것을 벗에게 요구하겠는가."

우울

사람의 마음은 모순된 구석이 있습니다.
편안할 땐 남들과 섞이길 좋아해도 우울할 땐 고립을
자처합니다.
그런데 정작 다른 사람들의 도움이 필요한 건
상황이 좋지 않은 때입니다.
누군가 손 내밀어주길 간절히 바라지만 그걸 내색하는
것조차 힘든 일일 수도 있어요.
당신은 그런 적 없나요?

좋은 기분은 혼자만 간직해도 사라지지 않습니다.
그러나 슬픔은 가둬두면 병이 됩니다.
우울할 땐 조금 이기적인 사람이 돼도 괜찮습니다.
좋은 사람들에게 당신이 원하는 방식으로 위로를 청해보세요.

친구들과 식사라도 함께하면서 아픈 감정 따위 반품시켜버려요.
훌훌 털어버리고 그 일이 없었던 때로 돌아가는 거예요.
때론 원치 않는 선물을 받기도 하는 게 인생입니다.

힐링 유어 셀프

앤디 워홀은 말합니다.
"사람들은 영화 속에서 일어나는 일은 비현실적이라고 말한다.
그러나 때로는 현실에서 일어나는 일이 더 비현실적이다."

사람은 나이로 늙는 게 아니라 기분으로 늙는다고 합니다.
관용은 부정적인 감정을 이기는 제일 좋은 습관입니다.
자신을 불행한 상태로 방치하지 마세요.

나를 괴롭힌 상대에게 연민의 마음을 가져보는 건 어떨까요?
딴에는 그도 무척 힘들었을 테니까요.

도약

영국 속담에 이런 말이 있습니다.
“평온한 바다는 결코 유능한 뱃사람을 만들 수 없다.”
거센 바람에 굳센 풀을 알아본다는 우리 속담도 있습니다.

개구리가 웅크리는 것은 더 멀리 뛰기 위해서입니다.
몸을 굽히면 그림자도 따라 굽는 법입니다.
시련에 움츠러들지 않는 사람만이 앞으로 나갈 수 있습니다.

서글픈 인생은 세 마디를 입에 달고 삽니다.
‘나도 ...할 수 있었는데’
‘왕년에 ...할 뻔했는데’
‘그때 ...했어야 했는데’.

사람이 같은 강물에 두 번씩 빠지는 실수를 하는 이유는
과거로부터 배우려고 하지 않기 때문입니다.

모험

러셀은 말합니다.
"당신이 잘하는 일이라면 무엇이든 행복에 도움이 된다."

포기하지 않는 한 삶은 계속됩니다.
되는 일이 아무것도 없다고 낙담하지 말고 찬찬히
주위를 돌아보세요.
당신은 할 수 없는 것보다 할 수 있는 게 더 많은 사람입니다.

도전을 두려워하지 마세요.
모든 위대한 성공의 첫걸음은 언제나 모험이었습니다.

기억

철학자 케벨의 스승은 늙어서도 라틴어로 된
책을 읽는 습관이 있었습니다.
어느 날 케벨이 스승에게 물었습니다.
"선생님은 이제 연로하셔서 책 보기가 힘드실 텐데
그렇게 애쓰실 필요가 없지 않습니까?"
그러자 스승이 대답했습니다.
"쓸데없는 소리! 기억이라는 놈은 항상
감시하지 않으면 언제 달아날지 모른다네.
늙으면 특히 그놈은 사람을 얕잡아보기도 쉽단 말일세."

기억의 창고에는 창의력의 자산이 될
만한 것들이 많이 쌓여 있습니다.
다만 우리가 살면서 그것들을 조금씩 잃어갈 뿐입니다.

좋은 기억력을 유지하는 제일 확실한 방법은
보고, 듣고, 읽고, 느끼기를 게을리하지 않는 것입니다.

부정적인 태도

증기선이 처음 만들어져 공개적으로 배를 띄우는
행사를 할 때였습니다.
어떤 의심 많은 사람이 군중들 틈에서 큰 소리로 외쳤습니다.
"저 배는 절대 움직일 수가 없어!"
그가 같은 말을 되풀이하고 있는 동안 배는 서서히
움직이기 시작했습니다.
그러자 당황한 사내는 한참 동안 잠자코 있다가 이렇게

중얼거렸습니다.
"하지만 저 배는 절대로 멈출 수가 없을 거야!"

부정적인 사고가 몸에 밴 사람은 심지어 자기 자신을
향해서도 생떼를 씁니다.
그는 희망을 부정하고 미래를 부정합니다.
확실한 사실 앞에서도 그 생각을 고치지 못합니다.
요지부동, 고집을 위한 고집에 불과합니다.

남들이 다 '예스'라고 말하는 걸 '노'라고 말하면 당장
튈 수는 있습니다.
그러나 주목받는 시간은 본인이 생각하는 것처럼 길지
않습니다.

속박

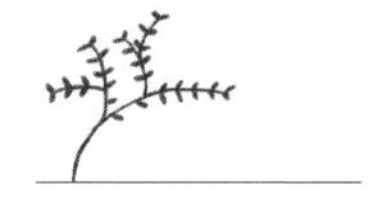

미다스 왕은 만지는 것마다 황금으로 만드는
능력을 얻었으나
무심코 딸을 껴안았다가 황금 덩어리로 만들고 말았습니다.
세상을 다 가질 수 있는 재물이 사랑하는 딸의
생명을 앗아간 흉기가 되었으나
미다스는 그 저주받은 능력을 물릴 수도 없었습니다.
무슨 소원이든 들어준다는 신에게 황금을 원한 건 자기
자신이었으니까요.

아무리 욕심 많은 사람도 금으로 만든
수갑을 차는 건 원치 않습니다.
지금 당신은 무엇에 얽매여 있습니까?

인간은 자유의지를 갖고 태어났습니다.
우리의 삶을 속박하는 족쇄는 결국 스스로
만들어내는 것입니다.
좋은 것이라면 뭐든 더 가지려고 애쓰는 사람은 있어도
덜 가지려고 애쓰는 사람은 없을 겁니다.

불행한 사람은 남이 가진 것은 다 가지려는
마음 때문에 평생이 불행합니다.
'왜 나는 저것을 갖지 못했나'라고 탄식하는 사람과
'나는 저것이 없어도 살 수 있다'라고 생각하는
사람 중 누가 더 행복할까요?

자비

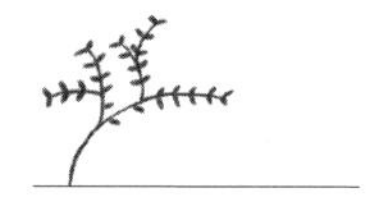

현자들은 말합니다.
“인간은 무한한 힘을 가졌다. 그러나 그 힘은
약한 자를 학대하기 위한 게 아니라
약자를 지원해주기 위한 것이다.”

선행이란 여유가 있을 때나 할 수 있는 것이라는 생각은
잘못되었습니다.
스스로 마음을 크게 갖지 않는 한 여유로운 때는
오지 않습니다.
좋은 일을 하기 위해서 정해진 때는 없습니다.
‘내가...할 때까지 참고 기다려보라’고 하는 건 그를
돕고 싶지 않다는 뜻입니다.
죽어가는 이에게 잠시 여행을 다녀올 때까지
기다려달라고 하는 것과 마찬가지입니다.

아직은 내가 힘이 없어서 그랬을 뿐이라고 변명하지 마세요.
누구도 우리가 가진 것을 전부 다 내놓으라고는
하지 않습니다.

공생의 법칙

현자들은 말합니다.
"함께 사는 법을 배우지 않으면 결국엔 함께
죽는 수밖에 없다."

누군가와 갈등이 생겼을 때 문제를 해결하는 가장 쉽고
빠른 방법은 무엇일까요?
그건 바로 '상대방이 나에게 ...했기 때문에
싫다'고 하는 생각에서 벗어나는 것입니다.
원망의 이유가 되는 것으로부터 너그러워질 때 진정한
공생이 이루어집니다.

사람은 누구나 일을 할 땐 본능적으로 자신의
이익을 추구하기 마련입니다.
그러나 인간관계에서 불협화음이 생기면
얻기보다 잃는 게 더 많습니다.
흔히 말하는 '자수성가'도 다른 사람과의 협력이
없으면 불가능합니다.
협력자가 많으면 많을수록 손에 쥐어지는

파이도 커지는 법입니다.

실패의 가능성을 줄이려고 노력하는 것보다
더 중요한 건 무엇일까요?
그건 바로 한 명의 적이라도 덜
만들기 위해 노력하는 것입니다.

몸

현자들은 말합니다.
"건전한 육체는 영혼의 거처가 되고, 병약한 육체는
정신의 감옥이 된다."

모든 성장에는 노력이 따릅니다.
잘 가꾸려는 노력이 없으면 영혼도 육체도 성장할 수가 없습니다.
우리 몸은 스스로 섬겨야 할 대상입니다.
건강한 몸도 함부로 부려먹다가는 타고난 자생력마저 잃게 됩니다.
아직은 아픈 데가 없다고 자만하지 말아요.
눈 깜짝할 새 무너질 수도 있는 게 건강입니다.

누군가는 이런 말을 했습니다.
"육체는 인간의 어리석음이 가장 쉽게 망가뜨리기 쉬운
그의 모든 것이다."

수다

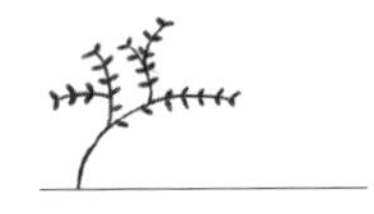

현자들은 말합니다.
"쓸데없이 입을 놀려서라도 초조함을 벗어나려는 사람은
결코 침묵이 주는 혜택을 알지 못한다."

대화의 공백을 두려워하지 마세요.
수다스러운 사람은 남에게 신뢰를 얻지도, 호감 가는
인상을 주지도 못합니다.
대부분 그들은 존재감이 결핍되어 있거나 심적으로
불안한 상태에 있습니다.

인간이 자신의 생각을 말로 표현할 수 있다는 건 축복받은
재능입니다.
그러나 무의미한 수다는 사람을 가볍게 만듭니다.
남에게 경박한 인상을 주지 않기 위해선 한 가지
방법밖엔 없습니다.
입을 열기 전에 그것이 꼭 필요한 말인지
생각해보는 것입니다.

자존감

마더 테레사는 말합니다.
"다른 사람을 평가하려고만 든다면 그들을 사랑할 시간이 없다."

탈무드는 또 이렇게 말합니다.
"그대를 비난하는 친구를 가까이하고
칭찬하는 친구는 멀리하라."

누군가의 비난을 들을 땐 스스로 제삼자가 되어 보십시오.
이 세상에 타인을 함부로 비판할 권리를 가진 사람은
아무도 없습니다.
이성적으로 생각할 때 꼭 필요한 조언이라는
확신이 들 경우에만 비판하십시오.
자기를 낮출 수 있는 사람은 오직 자기 자신뿐입니다.

모진 말을 들어도 자존심을 접을 수 있는 상대라면
더 크게 가슴을 열어주십시오.
다만 그는 나에게 가슴이 닫혀있다는 판단이 든다면
관계를 포기하는 게 낫습니다.

불화

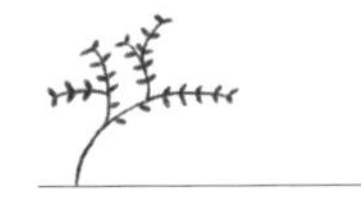

이솝우화에 얼룩소와 검은 소, 그리고 붉은 소에 관한
이야기가 나옵니다.
사자는 그 소들을 잡아먹기 위해서 수시로 기회를
엿보았습니다.
사자가 소 한 마리쯤 잡아먹는 건 그리 어려운 일이 아닙니다.
하지만 아무리 사나운 사자라도 한꺼번에 소 세 마리를
상대하기란 쉬운 일이 아니죠.

하루는 웬일로 풀밭에 얼룩소가 혼자 서 있는 걸 보고
사자가 은밀히 말을 걸었습니다.
"붉은 소가 너희들 중 자기가 제일 힘이 세다고 하더라."
사자는 붉은 소와 검은 소에게도 같은 말을 했습니다.
"얼룩소는 자기가 제일 힘이 세다고 자랑하던데
그게 정말이냐?"
성질 급한 얼룩소와 붉은 소는 뿔이 빠지도록 싸웠고
이후 소들은 각자 따로 놀았습니다. 사자는 회심의 미소를
지으며 세 마리 소를 차례로 잡아먹었습니다.

혼자서는 힘든 일도 여럿이 힘을 합치면 할 수 있습니다.
영국 속담에도 이런 말이 있습니다.
"지푸라기가 많으면 코끼리도 묶을 수 있다."

자립심

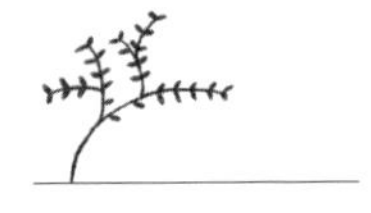

어떤 사람은 돈이 인생의 목적은 아니라고 말합니다.
그러나 양심적으로 살기 위해선 최소한의 경제활동이 필요합니다.

자기 힘으로 살려고 하지 않는 사람에게 도덕이나 양심을
기대하기란 어려운 일입니다.
그는 매일 먹는 밥 한 그릇에 누군가의 피땀이
스며들어 있다는 걸 알려고 하지 않습니다.
편한 것만 추구하는 사람에겐 타인의 도움조차 운이 좋아
얻어걸린 행운에 불과합니다.
그런 사람을 가까이하다 보면 아무리 부지런한 사람도
무력해질 수밖에 없습니다.

천성이 게으른 사람과는 되도록 상종을 안 하는 게 좋습니다.
원하는 것을 얻으려면 그만한 노력이 따른다는 진리를 외면한
인생은 희망이 없습니다.

자립심이 없다는 것은 결국 타인의 노동력을 착취해서
연명하는 것과 마찬가지입니다.

결심

현자들은 말합니다.
"인생은 짧다. 우리가 생각하는 것처럼 시간이 많지 않다."

결심을 내일로 미룰 수는 있습니다.
그런데 실행을 몇 시간만 앞당겨보는 건 어떨까요?
우리가 어떤 모습으로 내일을 맞이할지는 아무도 모릅니다.
기회를 내 것으로 만들기 위한 최적의 시간은 오늘,
바로 지금 이 순간입니다.
오늘 아무것도 하지 않은 사람이 내일 할 수 있는 건
후회뿐입니다.

누군가를 기쁘게 해줄 결심을 했다면
생각이 떠오른 즉시 실행에 옮기도록 하세요.
어쩌면 그는 '오늘까지만' 당신의 태만을 참아주기로
결심했을지도 모릅니다.

무신경

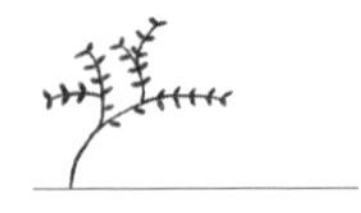

현자들은 말합니다.
“자신이 문제의 핵심에 있다는 사실도 모르고 남의 고뇌를 동정하는 사람이 많다.”

사랑하는 사람이 슬퍼하는 모습을 보고 어리석은 사람은 이렇게 말합니다.
“난 최선을 다했는데, 도대체 뭘 더 바라지?”
그가 말하는 최선이란 일방적인 자기만족에 불과합니다.

좀 더 이기적인 사람은 이렇게 말합니다.
“힘든 일 있으면 바보같이 참지 말고 말을 해!”
그는 설마 자기 자신이 슬픔의 이유가 됐으리라고는 상상조차 하지 못합니다.

그리고 또 어떤 사람들은 이렇게 말합니다.
“됐어, 이제 그만해. 다 잘될 거야!”
애초부터 그는 상대방에 대해 아무것도 알려고 하지 않은 사람입니다.

사과

현자들은 말합니다.
"잘못을 범하고도 의식하지 않는다는 건 더 큰 잘못을 저지를 수 있음을 의미한다."

실수를 하고도 진심으로 사과하지 않는 상대에겐
분명하게 자신의 감정을 표현하세요.

그는 아직도 자신의 실수를 인정하지 않거나 반성할 필요가
없다고 생각하는 사람입니다.
그런 사람은 한번 저지른 실수를 두 번 세 번
저지르고도 당당합니다.
부끄러움을 모르는 사람을 가까이하는 것만큼
위험한 일은 없습니다.

상처를 치유하는 데도 방법이 있고 과정이 있습니다.
올바른 사과 한마디 없이 잘못을 대충
덮어두려고 하는 것은 오만입니다.
이런 관계를 지속한다면 언젠가는 더 큰 피해를
입을 수 있습니다.

가장 치명적인 관계는 어느 한쪽의 일방적인 양보나
희생만으로 유지되는 관계입니다.

기도

종교를 가진 지 얼마 안 되는 신도들은 처음엔 자신을 위해
기도한다고 합니다.
그런 다음엔 부모를 위해, 남편이나 아내를 위해,
자식을 위해 기도합니다.

시간이 좀 더 흐르면 그들의 기도 내용이 점점
달라진다고 합니다.
누가 시키지도 않았는데 나보다 우리를 위해,
타인과 이웃을 위해 기도한다는 것입니다.
그만큼 인간의 본성이 선하다는 증거입니다.

윌리엄 브레이크는 말합니다.
"신은 자비와 사랑, 그리고 동정심이 있는 곳에만 존재한다."

사랑이 있는 한 신은 우리 곁을 떠나지 않을 것입니다.

정직

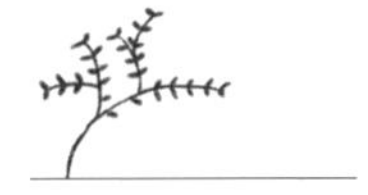

현자들은 말합니다.
"인간은 자기보다 약한 상대에게는 강하고, 자기보다
강한 상대 앞에선 약하다."

스스로에게 정직하지 못한 삶은 공허합니다.
심지어 우리는 사랑하는 사람보다는 두려워하는 상대에게 더
관대한 경향이 있습니다.

세네카는 다른 말을 합니다.
"그대에게 해를 끼친 상대는 그대보다 강하거나 약하거나
둘 중 하나다.
만일 상대방이 그대보다 약하다면 그를 용서하고, 그대보다
상대방이 강하다면 그대 자신을 용서하라."

불행한 인생을 살아가지 않으려면 스스로 자신을
용서해야만 하는 일을 자주 만들지 않아야 합니다.

CHAPTER 05

품격, 자유로운 영혼의 에티튜드

천천히, 느긋하게

영화 〈제5원소〉에 이런 말이 나옵니다.
“이길 때도 있고 질 수도 있죠. 아, 또 가끔은 비가
내리기도 해요.”
조급함은 우리에게 주어진 더 많은 기회를
포기하게 만드는 나쁜 습관입니다.

빙판길에 미끄러졌다고 그대로 주저앉아 있으면
남의 웃음거리가 될 뿐입니다.
실패보다 더 삶을 힘들게 하는 건 냉소적인 태도입니다.
오늘의 실패가 전하는 메시지에 주목하세요.

난관을 뚫고 일어선 많은 사람들이 한결같이
증명하는 사실이 있습니다.
그건 바로 ‘삶이 있는 한 희망은 유효하다’는 것입니다.
힘들수록 천천히, 느긋하게 마음의 여유를
가져보는 건 어떨까요?

자유로운 삶

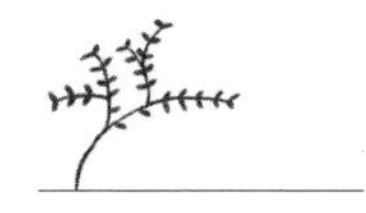

현자들은 말합니다.
"인간이 날 때부터 세상에 가지고 왔지만 잘 모르고 살아가는 것 두 가지가 있다. 하나는 스스로 자유로운 존재라는 사실이고, 나머지 한 가지는 행복이다."

자유로운 삶의 원천은 분수를 지키며 사는 것입니다.
분별이 있는 삶에는 속박이 따르지 않습니다.
과도한 욕망에 휘둘려 상처받을 일도 없습니다.
불행은 가진 게 적기 때문이 아니라 남보다 많은 걸 갖지 못했다고 생각하는 데서 옵니다.

자유로운 삶에는 거칠 것이 없습니다.
자신을 남과 비교하여 우월감에 빠지거나 열등감에 사로잡히지도 않습니다.
진정한 자유인은 스스로 가질 수 있는 범위 내에서만 욕망을 추구하는 사람입니다.

시간의 지배자

현자들은 말합니다.
"시간은 도망자와 같다. 그 도망자는 줄행랑을 치면서
우리의 감정을 해치기도 하고 죽이기도 한다."

시간은 모든 것을 무력하게 만드는 힘이 있습니다.
특히 나쁜 감정을 없애는 데 시간만큼 좋은 약은 없습니다.
어두운 생각일랑 도망치는 시간의 흐름에 맡겨두세요.

스스로 자신을 괴롭히는 감정에 몰입하면 몰입할수록
상황은 더 악화할 따름입니다.
흔히 이런 나쁜 감정들은 독성이 강해서 사람을 점점
초라하게 만듭니다.
더 나빠지기 전에 다른 감정으로 채워야만 합니다.

우울한 당신을 위해 현자들은 또 이렇게 말합니다.
"사람은 누구나 행복해지기를 원한다. 어두운 감정이
밝은 감정을 이기지 못하는 건 그 때문이다."

시간은 지금 우리의 눈앞에 있는 모든 것들을
조금씩 변하게 합니다.
그 변화가 긍정적일지 부정적일지는 당신이
선택할 몫입니다.

열심히 산다는 것

욕망은 흔히 동물적인 것에 비유되곤 합니다.
실제로 욕망은 동물성입니다.
욕망은 도무지 참을성이 없고 맹수처럼 사나운 면이 있습니다.

다행스럽게도 인간은 동물적인 존재인 동시에
정신적인 존재입니다.
숭고함을 지키려는 의지가 있기에 자기 안에서 미쳐
날뛰는 욕망을 잠재울 수 있습니다.
모든 성공한 사람은 스스로 욕망을 다스릴 줄
아는 사람들입니다.

실패한 사람의 인생에는 예외 없이 주체할 수 없는
욕망의 꼬리표가 붙어 있습니다.
게으름의 욕망, 일확천금의 욕망, 자기를 부정하고
남의 것을 탐하는 욕망.
욕망이 이성을 압도하는 순간 그는 이미 벼랑 끝에 있습니다.

열심히 산다는 것은 많이 참고, 많이 생각하는 것입니다.

타인의 시선

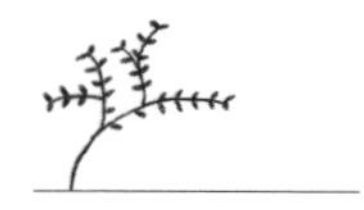

현자들은 말합니다.
"타인의 시선만을 의식하고 자기 자신에 대해서는
무관심한 것만큼 위험한 인생은 없다."

사람은 자신의 본성에 맞지 않는 행동을 할 때 고독감을 느낍니다.
지나치게 남의 눈을 의식하는 사람일수록 내면은
외로움으로 가득 차 있습니다.
그는 다른 사람들의 눈치를 보느라 정작 자신을 보살필
겨를이 없기 때문입니다.
슬프게도 이 삶은 자주성을 상실한 인생입니다.

사회통념을 중시하는 태도는 대체로 현명하고
예의 바른 처신에 속합니다.
그러나 삶의 기준은 어디까지나 자신을 향해 있어야 합니다.
타인을 자기 삶의 중심으로 삼지는 말아야 한다는 말입니다.

세상 사람들은 누구나 자신을 위해 삽니다.
당신이 없으면 곧 죽을 것처럼 구는 그 사람마저도.

패(牌)

인디언들은 어떤 말을 만 번 이상 되풀이하면 그 일은 무조건
이루어진다고 믿는답니다.
어떤 불가능한 일도 '나는 할 수 있다'라고 만 번 이상
외치면 된다고 믿는다는 것입니다.

"내일은 더 잘할 수 있어!"
잠자리에 들기 전에 마음속으로 외쳐보세요.
걱정을 하건 안 하건 지금 당장 결과가 달라지진 않습니다.
내일 일은 내일에 맡겨두고 우울한 생각을
꿈속까지 끌고가지 마세요.

긍정적인 생각은 긍정적인 결과를 부르고
부정적인 생각이 부정적인 결과를 부릅니다.
마음먹기에 따라서 결과가 이렇게 달라진다면 당신은
어느 쪽에 패를 던지겠습니까?

외톨이

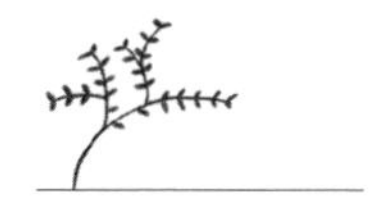

현자들은 말합니다.
"인간은 혼자 있을 때 참다운 자기 자신을 느낀다.
그러나 고독을 사랑하는 자는 인간답게 살 수가 없다."
깊은 사색은 건전한 생활 속에서 이루어지는 것입니다.

영화에 나오는 늑대인간을 떠올려보십시오.
그는 항상 혼자 있기를 좋아하고 사람들을 극도로 경계합니다.
이런 모습을 '사색적'이라고 할 수 있을까요?
그는 아직 인간세계로 완전히 돌아오지 못한 것뿐입니다.

누군가 사람들과 어울리기를 거부한다면
그럴 만한 까닭이 있을 겁니다.
억지로 그를 끌어내려 하지 말고
스스로 편안해질 때까지 기다려주면 어떨까요?

때때로 삶은 지독하게 적막합니다.
사람은 혼자서는 결코 그 적막함을 벗어나지 못합니다.

문

현자들은 말합니다.
"행운이 찾아왔을 때는 자만심을 두려워하고,
운명이 등을 돌렸다 생각될 땐 절망을 두려워하라."

사람들은 대부분 자기 인생은 스스로 개척해간다고 생각합니다.
그러나 일이 잘못되면 운명을 탓합니다.
운명은 누구도 거역할 수 없다는 생각이 머릿속을 지배하기
때문입니다.
왜 우리는 유독 불행만을 운명 탓으로 돌리려는 것일까요?

헬렌 켈러는 말합니다.
"행복의 문 하나가 닫히면 다른 문들이 열린다.
그러나 우리는 대개 닫힌 문들을 멍하니 바라보다가
우리를 향해 열린 문을 보지 못한다."

우연히 찾아오는 행복이란 없습니다.
중요한 건 지금 바로 당신의 눈앞에 열린 문을
발견하는 것입니다.

인간적인

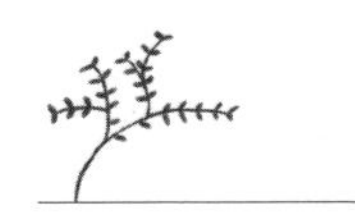

현자들은 말합니다.
"지나치게 세속적인 요구에 부응하려고
애쓰는 것도 보기 흉하지만,
또 너무 동떨어진 것도 좋지 않다."

승부욕은 인간의 본성입니다.
예술가의 경쟁상대는 같은 예술에 종사하는 사람입니다.

마찬가지로 목수의 경쟁상대 또한 자기보다 실력이
뛰어난 다른 목수입니다.
목수는 상대가 아무리 대단한 명성을 지닌
예술가라도 부러워하지 않습니다.
그러나 자기보다 목공 실력이 뛰어난 목수를 보면
승부욕을 느낍니다.
이럴 때 세속적인 욕망은 발전의 밑거름이 됩니다.

스스로 떳떳한 사람은 남이 자기를 중상하고
모략하는 말에 쉽게 동요하지 않습니다.
그러나 남에게 가벼워 보이지 않으려
초연한 태도를 가장할 필요는 없습니다.
인간적이라는 게
완벽을 의미하진 않으니까요.

습관

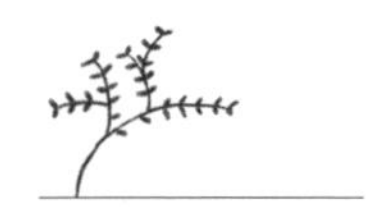

현자들은 말합니다.
"행동의 씨앗을 뿌리면 습관의 열매가 열리고
습관의 씨앗을 뿌리면 성격의 열매가 열리고
성격의 씨앗을 뿌리면 운명의 열매가 열린다."

성격 좋은 사람은 상대방을 편안하게 해줍니다.
그들은 언제나 긍정적인 생각으로 주변인들을 즐겁게

만드는 좋은 습관을 가졌습니다.
남을 피곤하게 하는 사람에게는 매사를 자기중심적으로
생각하는 나쁜 습관이 있습니다.

천성은 타고나는 것이라지만 태도를 개선할
수는 있습니다.
태도가 바뀌면 습관이 바뀌고,
습관이 바뀌면 성격도 바뀝니다.
그리고 이 모든 게 바뀌면
그 인생의 모습까지 바뀝니다.

사마천은 말합니다.
"사람을 얻는 자는 흥하고, 사람을 잃는 자는 망한다."

사람을 얻는 습관과 사람이 떠나는 습관은 한 생각의
차이에서 나옵니다.

독설

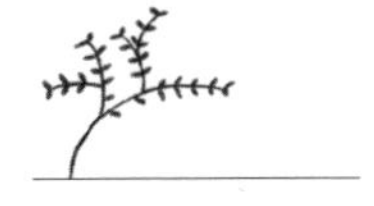

『법구경』에 이런 말이 있습니다.
"무릇 사람은 이 세상에 날 때 입안에 도끼를 간직하고 나와서는 스스로 제 몸을 찍어내나니, 이 모든 것이 자신이 뱉은 악한 말 때문이다."

사람들은 흔히 자신이 남에게 말로 가한 고통은 쉽게 잊어버립니다.
그러면서 남에게 들은 악담은 결코 잊어버리지 못하는 경향이 있습니다.

고통을 주고 나서 악의는 없었다고 하면 그것으로 끝일까요?
독설을 뱉어놓고 본의가 아니었다고 하면 모든 게 덮어질 수 있는 걸까요?
사실이 어떻든 말을 아끼고 아끼세요.

정말로 악의가 없었다면 열 번이고 백 번이고 사과해야 합니다.
서둘러 용서를 구하지도 말아야 합니다.

사과를 받아들이고 말고는 전적으로
상대방에게 달려 있습니다.
진심을 몰라준다고 상대를 원망하는 건 진짜
사과가 될 수 없습니다.

똑같이 약을 바르고 붕대를 감아도 상처가 아무는 시간은
사람마다 다른 법입니다.

자신을 관찰하기

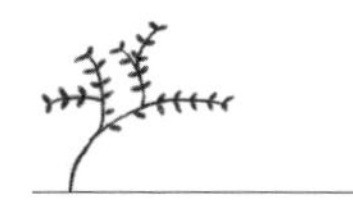

때때로 우리는 스스로를 위한 의사가 되어야 합니다.
몸과 마음이 전하는 메시지에 귀를 기울여보세요.
제발 날 좀 구해달라고 아우성치는 소리가 들리지 않습니까?

번뇌는 육체를 망치고 피로는 영혼을 피폐하게 만듭니다.

마음이 괴로울 때 몸이 한가로우면 유혹에
휘말리기 쉬워집니다.
나쁜 생각이 곁가지를 치지 못하게 하려면 일에
미치는 게 제일 좋은 방법입니다.
그렇다고 너무 일에만 열중하면 감성이 메말라 본성을
잃어버릴 수가 있습니다.

과유불급(過猶不及).
일이든 휴식이든 어느 한쪽으로만 치우치면 반드시
부작용이 따릅니다.

전진

공자는 말합니다.
“멈추지 않으면 얼마나 천천히 가는지는 문제가 되지 않는다.”
인생의 빛나는 순간은 패배했을 때 끝나는 게
아니라 포기했을 때 끝나는 것입니다.

조급해하지 말고, 너무 서두르거나 낙관하지도 말고
꾸준히 목표를 향해 가십시오.
몸을 움직이지 않고도 되는 일은 아무것도 없습니다.
끝까지 가보지도 않고 이러니저러니 토를
달아서 자신을 초라하게 만들지 마세요.
판단은 고비를 넘긴 다음에 해도 늦지 않습니다.

된다, 안 된다, 말만 앞세우는 사람은 사실 아무 일도
할 수 없는 사람입니다.

행복의 원칙

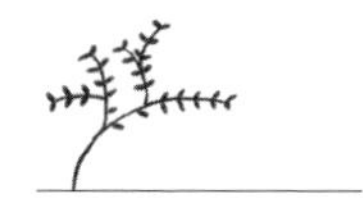

현자들은 말합니다.
"행복은 어떤 상태가 아니라, 그가 추구하는 어떤 방향에 있다."
소유와 행복은 반드시 일치하지 않을 수 있습니다.

생활이 풍족해도 스스로 만족을 못 하면
가난뱅이와 다를 게 없습니다.
현실에 불만을 가진 사람들은 자신을 학대하느라 행복을 느낄
겨를이 없습니다.
갖고자 하는 게 많을수록 우리의 삶은 행복과는 멀어집니다.

칸트가 말하는 행복의 원칙에는 다음 세 가지가 있습니다.
첫째, 어떤 일을 할 것,
둘째, 어떤 사람을 사랑할 것,
셋째, 어떤 일에 희망을 가질 것.

이 세 가지를 가졌다면 당신은 충분히 행복한 사람입니다.

열등감

서양 속담에 이런 말이 있습니다.
“부자는 부자를 시기하고, 기술자는 기술자를
시기하며, 예술가는 예술가를 시기한다.”
나보다 나은 상대를 용납하지 못하는 시기심은 영혼에 독을
품는 것과 같습니다.

경쟁의식이 시기심으로 변하는 순간 사람은 더할 나위 없이
탐욕스러운 존재가 됩니다.
자신의 실패는 견딜 수 있어도 타인의 성공에 대해선
참을 수 없는 것이 시기심입니다.
지나치게 상대방을 의식하는 사람은 결국 어떤
일에서도 성공하지 못합니다.
그는 이미 자존감을 잃어버렸기 때문입니다.

오직 이기려는 욕망에만 눈이 어두워진 사람은 열등감의
그물에 걸려 한 걸음도 앞으로 나가지 못합니다.

자기애

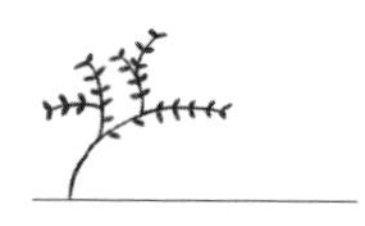

현자들은 말합니다.
"인생이 즐겁게 여겨지지 않는다면, 그대가 그릇된
생각에 골몰해 있기 때문이다."

우울이란 녀석은 의외로 여리고 소심한 데가 있습니다.
나를 위한 커피 한잔, 라면 한 그릇만으로도 우울을
날려버릴 수 있습니다.
때론 어린아이처럼 유치해지는 것도 생활을 즐겁게 합니다.
하찮은 일에 노심초사하지 않는 습관부터
들이는 건 어떨까요?

유쾌한 인생의 원리는 단순합니다.
무엇보다도 자신을 긍정하는 마음가짐이 중요합니다.

오스카 와일드는 말합니다.
"자기애는 평생의 로맨스이다."

의 좋은 형제

두 형제가 항구로 가는 길에 동생이 황금
두 덩이를 주웠습니다.
동생은 형에게 금 한 덩이를 주고 남은 한 덩이는
자신이 가졌습니다.
그런데 배를 타고 강을 건너던 중 동생이 자기 몫의
황금을 물속에 던져버렸습니다.
깜짝 놀란 형이 그 이유를 물었습니다.
"나는 형을 정말 사랑했는데 금을 나눠 가진 뒤론 갑자기 형이
미워지는 내가 싫어졌어."
동생의 말을 듣고 형도 자기 손에 있던 금덩이를 강물에
던져버렸습니다.

장자는 말합니다.
"형제는 수족(手足)과 같고 부부는 의복과 같다.
의복은 새것으로 갈아입을 수 있으나 손발이 잘리면
다시 이어붙일 수가 없다."

조화로운 관계

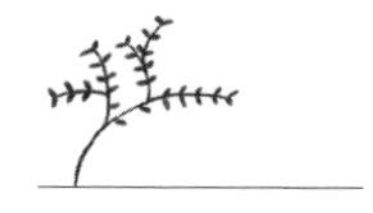

현자들은 말합니다.
"사물이 아름다운 것은 그것이 진실할 때뿐이다.
그리고 진실이란 완전한 조화를 뜻한다."
타인과의 관계를 잘 유지하는 최고의 방법은 마음이
어긋나지 않는 것입니다.

서로의 가치관이 통할 때 조화로운 관계가 이루어집니다.
다툼이 없는 관계의 시작은 '상대방의 마음 바라보기'입니다.
각자 생각하는 방향이 다르더라도 이해하려고 노력하고
기다려주는 것입니다.

아프리카 어느 부족에게 이런 말이 있다고 합니다.
"멀리 가려면 함께 가고, 빨리 가려면 혼자 가라."
누구라도 삶의 막막한 여정을 함께 할 수 있는 상대가
있다는 건 행복한 일입니다.

자신과의 약속 지키기

새해가 되면 많은 사람들이 새로운 결심을 합니다.
이 일은 해마다 되풀이되지만 결심의 내용은
크게 달라지지 않습니다.
좋은 생각은 늘 사람들의 머릿속에 있습니다.
다만 계속되지 않았을 뿐입니다.

혼자만의 약속은 하기도 쉽고 깨기도 쉬운 약속입니다.
증인이나 감시자도 없고 누가 빨리 지키라고
닦달하지도 않는 약속입니다.
아무리 뜨거운 결심도 시간이 지나면 점차 그 강도가 약해집니다.

신발끈이 풀어지거나 끊어지면 먼 길을 갈 수 없습니다.
무사히 목적지에 닿기 위해선 틈틈이 신발끈을 조이듯 자신과의
약속을 점검해야 합니다.
혼자만 아는 결심이 무산됐을 때 제일 큰 피해자는
자기 자신입니다.

터닝 포인트

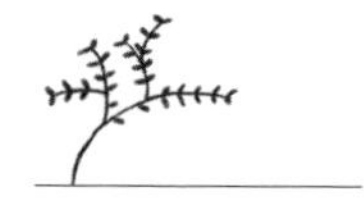

빌 게이츠는 말합니다.
“장기적 비전을 위해 단기적 손해를 감수하는 것이
성공의 비결이다.”
실패를 자신의 새로운 재능을 발견하는 기회로 삼는
사람이 인생의 승리자가 됩니다.

한 번이라도 실수를 해본 사람은 한 번도 실수를
하지 않은 사람보다 더 빨리 배웁니다.
인생은 끝없는 선택입니다.
그 선택의 갈림길에서 경험만큼 소중한 자본은 없습니다.

스티브 잡스는 애플사에서 해고된 것이 인생의 가장
큰 전환점이라고 했습니다.
죽기 전에 그는 이런 말을 남겼습니다.
“간혹 혁신을 추구하다 실수할 때가 있다.
이럴 땐 빨리 그것을 인정하고 개선해나가는 것이 최선이다.”

인생의 터닝 포인트는 우리가 살아 있는 모든 순간에서
발견할 수 있습니다.

남에게 호감을 주는 이미지

영국 속담에 이런 말이 있습니다.
"깨끗한 의복은 좋은 소개장이다."
사람들은 보이는 만큼 판단하려는 경향이 있습니다.

자연스러운 것과 무질서한 것은 엄연히 다른 것입니다.
말투나 표정, 태도는 타인에게 자신을 알릴 수 있는
최소한의 정보입니다.
다른 사람들도 내 생각과 같으리라 믿는 착각은 때로
원치 않는 오해를 불러들입니다.

행동으로 표현하지 않은 마음을 남이 알아주길
바라는 것은 무리한 욕심입니다.

오든은 말합니다.
"내가 존경하는 사람들의 공통분모는 찾을 수 없지만 내가 사랑하는
사람들의 공통적인 특징은 찾을 수 있다. 그들은 나를 웃게 만든다."

변화는 곧 '버리기'

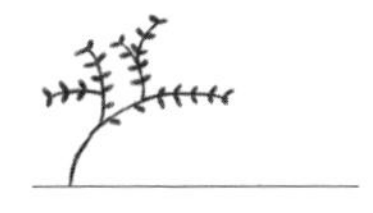

꿈이 단지 꿈으로만 그치는 것은 분명한 이유가 있습니다.

스티브 잡스는 말합니다.
"나는 애플에서 놀라운 능력을 가진 사람들을 많이 만났다.
하지만 그들은 뛰어난 능력을 가지고도
잘못된 일을 하고 있었다. 왜냐하면 그들은 잘못된
계획을 세웠기 때문이다."

누구에게나 문득 이렇게 살면 안 되겠다고 생각되는 순간이
있습니다.
그 생각을 실행에 옮기려면 과거로부터 완벽하게
벗어나야 합니다.
'변하기'의 다른 말은 '버리기'입니다.

버려야 할 것들만 잘 버려도 사람은 성장합니다.
여기에는 자신의 예전 모습은 물론
타인과의 관계도 포함됩니다.

용기와 위선

서양 속담에 이런 말이 있습니다.
"진정한 용기란 목격자가 없는 곳에서 실행하는 것이다."
남을 의식해서 하는 행동은 용기가 아니라 위선입니다.

참된 용기는 겸손한 얼굴을 갖고 있습니다.
용기 있는 사람은 힘으로 남을 찍어 누르려고 하지 않습니다.
남에게 인정받기 위해 조급하게 굴지 않고 능력을 몰라준다고
원망하지도 않습니다.

현자들은 말합니다.
"힘이 있는 사람의 겸손은 진실이지만, 약한 사람의
겸손은 허위에 불과하다."

생활의 자서전

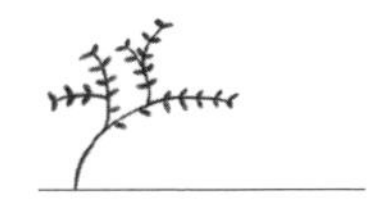

“당신의 현재 생활은 책 속의 한 장에 지나지 않는다.
당신은 이미 지나간 장들을 썼으니,
이제부터 뒤의 장들을 써 내려갈 차례이다.
당신은 당신 자신의 저자이다.”
휘트먼의 시집 “풀잎” 서문에 나오는 글귀입니다.

나라는 인생의 책은 세상에 한 권뿐입니다.
이미 써내려간 책의 내용은 고칠 수도 없고 다시
쓸 수도 없습니다.
후회를 남기지 않으려면 한 장 한 장 공들여
쓰는 수밖에 없습니다.

지나간 일들을 고치거나 지울 순 없지만 생활의
자서전은 언제나 현재 진행형입니다.
어제의 스토리가 진부하다면 이제라도 참신한 내용으로
채울 수 있습니다.
그것이 살아 있음의 축복입니다.

성공을 연모(戀慕)하라

앤디 워홀은 말합니다.
"나는 스스로가 세상에서 가장 질투심이 많은 사람 중
한 명일 거라고 생각한다.
근본적으로, 나는 어떤 것을 맨 처음 선택하지 못하면 미친다."
질투는 그를 세계적인 예술가로 만들어준 영감의
원천이었습니다.

모든 도전에는 위험부담이 따릅니다.
또한 모든 위대한 성공의 과거에는 무수한 시행착오의
역사가 있습니다.
나는 꼭 이것을 해내고야 말겠다는 열망이 없다면
착오는 착오로 끝나고 맙니다.

뜨겁게, 더 뜨겁게 성공을 연모하십시오.
간절히 그리면 어느새 그 그림 안에 당신이 들어가 있는 걸
볼 수 있을 것입니다.

CHAPTER
06

열정,
어제보다
오늘 더
빛나는 당신을
위하여

성공의 조건

힘든 일을 만났을 때 사람들은 두 부류로 나뉩니다.
안 되는 이유부터 찾는 사람과, 어떻게든 해결책을 찾아내는 사람.
낙오자를 만드는 건 대부분 잘못 키워진 생각 때문입니다.

나약한 인간에게 목표는 항상 멀리 있는 것처럼 보입니다.
이상을 현실로 바꿀 수 있는 가장 효과적인 방법은 무엇일까요?
환경을 탓하기 전에 정열이 부족하진 않았는지 점검할 때입니다.

데니스 웨이틀리가 말합니다.
"사람들이 자신이 설정한 목표를 결코 달성하지 못하는 이유는 목표를 명확히 정의하지 않았거나 가능성을 믿지 않았기 때문이다. 승자들은 자신이 어디로 가고 있는지, 그 길을 가기 위해 어떤 일을 할 계획인지, 그 모험을 누구와 함께할 것인지를 명확히 알고 있다."

과거나 미래가 아닌 현재를 최고의 기회로 삼는 사람만이
성공적인 삶을 꾸려갈 수 있습니다.

시행착오

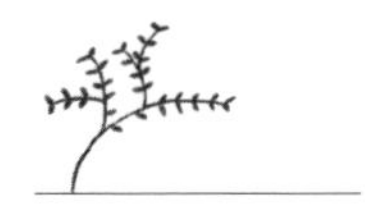

아인슈타인은 말합니다.
"한 번도 실수하지 않은 사람은 한 번도 새로운 것에
도전해보지 않은 사람이다."
실패는 더 큰 성공을 위한 보험입니다.

우리는 태어난 순간에 이미 실패를 경험하지 않고는
살아갈 수 없게 만들어졌습니다.
음식물을 소화하는 법부터 걸음마를 배우기까지 무수한
시행착오를 반복합니다.
토하고 넘어지면서 성장하는 게 인간입니다.

F. 스콧 핏제럴드 역시 비슷한 조언을 합니다.
"한 번 실패와 영원한 실패를 혼동하지 말라."
목표를 이룬 사람들 가운데 대부분은 밑바닥을
치고 올라온 사람들입니다.

엄살 부리지 말아요.
당신은 남들이 생각하는 것보다 할 수 있는 게 많은 사람이잖아요.

방황

영국의 전 총리이자 소설가인 디즈레일리는 말합니다.
"사람이 성공하지 못하는 건 처음부터 한길로 나가지
않았기 때문이지 결코 성공의 길이 험난해서가 아니다."
어떤 역경도 한마음 한뜻으로 나가는 사람에겐 결국
자리를 내주게 돼 있습니다.

곁눈질하지 말고 한 걸음만 더 힘을 내보세요.
포기하지 않는 사람에게 늦은 때란 없습니다.

기로에 선 당신을 위해 라로슈코프가 응원의 메시지를 전합니다.
"시계가 둥근 이유는 끝이 곧 시작이기 때문이다."
주저앉고 싶을 땐 항상 이 말을 기억하세요.

가파른 능선의 끝에 정상이 있습니다.

보물찾기

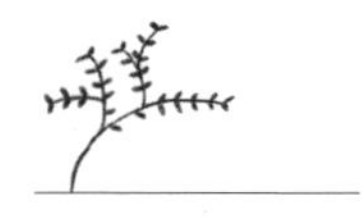

현자들은 말합니다.
"마음은 돈을 받고 팔지도 못하고 돈을 주고 살 수도
없지만 그냥 줄 수는 있다."
재물을 얻는 것보다 더 어렵고 가치 있는 건 사람의
마음을 얻는 일입니다.

다른 사람의 마음을 얻기 위한 가장 빠르고 쉬운 방법은
내 마음을 먼저 주는 것입니다.
아무것도 따지지 말고 순수하게 마음을 베풀어보세요.
믿기지 않겠지만 그 대가는 숫자로 환산할 수 있는
이상의 가치로 돌아옵니다.

진정한 협력자는 인생의 보물입니다.
관심과 배려는 보물찾기의 필수조건입니다.
누군가에게 필요한 것을 구하려면 먼저 그가 필요로
하는 것을 채워줄 수 있어야 합니다.

당신은 그 사람을 충분히 알고 있습니까?

궤도 수정

목적이 있는 삶은 인간의 능력을 배가시킵니다.
당신이 꿈꾸는 삶의 목적은 무엇인가요?
가야 할 길이 너무 멀게 느껴지지는 않나요?

가끔은 스스로 중간 평가를 해보세요.
열심히 달리는 것만이 능사는 아닐 수도 있습니다.
해도 해도 일이 수월치 않을 땐 과감한 궤도 수정을 고려해보세요.

맹목적인 전진은 실패의 지름길이 될 수도 있습니다.

속임수

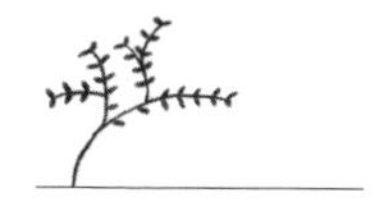

현자들은 말합니다.
"거짓은 천성의 악덕이 아니라 이성의 걸작이다.
따라서 진실과 흡사한 모양을 갖고 있다."

진실은 간단하고 소박해서 당장 사람을 끌어들이는
매력이 없지만
거짓은 자극적이고 현란해서 당장 사람을 현혹하는
마력을 지니고 있습니다.
안타깝게도 사람들은 진실보다는 거짓에 곧잘 속아 넘어갑니다.

라 퐁텐은 말합니다.
"인간은 진실에 대해서는 얼음처럼 차고, 거짓에
대해서는 불과 같다."
거짓을 위장하기 위한 말은 달콤한 폭약과 같습니다.

과장된 호의를 경계하세요.
하나의 속임수를 유지하기 위한 다른 거짓말은 숨 쉬는
것만큼이나 간단한 일입니다.

올바른 의심

현자들은 말합니다.
"회의(懷疑)는 자신에 대한 믿음을 파괴하는 것이 아니라 도리어 강하게 한다.
그것은 인간을 끊임없이 각성하게 만들기 때문이다."

모든 선택은 대가를 요구합니다.

우리가 어떤 선택을 주저하게 되는 것은 그
결과에 대한 두려움 때문입니다.
분명한 건 인간을 올바른 선택의 길로 인도하는 것도 이
두려움이라는 사실입니다.
독재자나 바보들만이 일말의 망설임도 없이
자신의 선택을 실천에 옮깁니다.

시행착오를 줄일 수 있는 유일한 방법은 회의하고 또
회의하는 것입니다.
항상 자신의 판단에 의문을 가지십시오.
진정한 용기란 자신이 가장 잘 알고 있는 것에 대해서조차
의문을 가지는 것입니다.

세상을 바꾼 첫걸음은 언제나 '왜?'라는 의문이었습니다.

터널 비전(tunnel vision)

터널 속을 달리는 운전자에겐 출구만 밝게 보이고
주변은 잘 보이지 않습니다.
대형사고가 일어나는 건 운전자가 이 터널
비전(tunnel vision)에 빠졌을 때입니다.
눈앞에 펼쳐진 밝은 세상에 현혹되어 바로 옆의 위험을
감지하지 못한 것입니다.

낙관주의는 뜻하지 않은 재난의 원인이 되기도 합니다.
상황이 긍정적일 때일수록 주변을 돌아보는 여유가 필요합니다.
밝은 빛이 보이는 출구는 단지 이 현상 너머에
펼쳐진 세상일뿐입니다.

가장 큰 리스크는 정상이 멀지 않았다고 느껴지는
순간 발생합니다.
끝이 보인다고 절대 낙관하면 안 됩니다.
고지가 높을수록 신발끈을 점검해볼 필요가 있습니다.

터널을 완전히 벗어나기 전까진 누구도 안전하지 못합니다.

권력과 재능

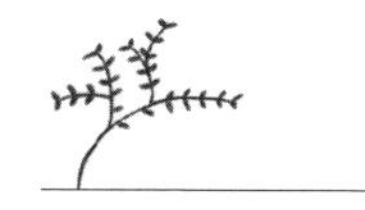

사람들은 단지 재물을 많이 가졌다고 해서 그를
권력자로 부르진 않습니다.
재물이 사라지는 순간 권력은 자연 소멸하기 마련입니다.
가장 훌륭한 권력은 자신의 재능을 통해서 대중들에게
영향력을 끼치는 것입니다.

물질이나 환경이 재능을 만들어주진 않습니다.

그러나 재능은 그가 원하는 모든 것들을 가능하게
해주는 힘이 있습니다.
재능은 그 자체만으로도 사람들에게 주목받을 수 있는
권력을 선사합니다.

재능을 키우기 위한 가장 수익률 높은 투자는 배움입니다.
배움은 욕심을 많이 부릴수록 더 큰 수익을 가져다줍니다.
지식의 가치가 크면 클수록 경제적 가치도 높아집니다.
배움에는 절대로 빠르거나 늦은 나이가 없으며 유통기한도
무한합니다.

자신이 원하는 인생을 살고 싶으면 무엇이든 치열하게
배워보는 게 가장 빠른 길입니다.

모방과 허세

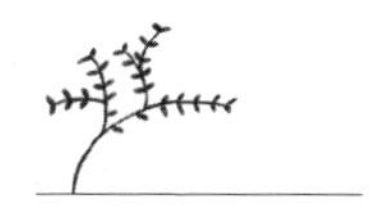

모방은 어떤 사람을 따라서 행동하는 것이고 허세는
자신이 그 사람인 것처럼 행세하는 것입니다.
모방과 허세는 원래 자기 것이란 면에서 같다고 할 수
있지만 차이는 아주 큽니다.
모방은 발전의 모태가 될 수도 있지만 허세는
곧 바닥을 드러냅니다.

잘난 사람을 가까이한다고 덩달아서
격이 올라가진 않습니다.
훌륭한 행동을 따라하면 언젠가는 원하는 모습대로
바뀔 수가 있습니다.
그러나 허세는 맞지도 않는 남의 옷을 입고 파티에
나타난 것처럼 자신을 초라하게 만듭니다.

남과 같이 되고 싶으면 남과 같이 노력하라고 했습니다.
다른 사람의 인생을 바꿔 살 수는 없어도 그만큼 따라갈
수는 있습니다.
그들의 성공을 최대한 모방하세요.
좋아 보이는 걸 내 것으로 만드는 방법만 제대로 알아도
인생이 덜 초라해집니다.

보답 없는 사랑

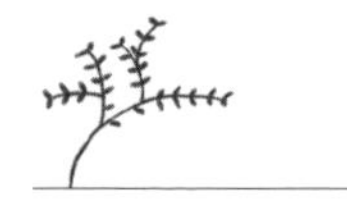

현자들은 말합니다.
“사랑은 자신을 위해서는 약하지만 다른 사람을 위해서는 강한 힘을 발휘한다.”
하지만 사랑도 살자고 하는 일입니다. 맹목적인 희생은 사랑이 아닌 자학입니다.

충분히 사랑하는데 어째서 당신의 영혼은 그토록 고독한
것일까요?
베풀기만 하고 행복하지 않은 사랑은 미래가 없습니다.
그 사랑은 임자를 잘못 만난 것입니다.
어리석은 집착과 사랑을 혼동하지 마세요.

주기만 하는 사랑은 평생 주기만 하다 끝날 수가 있습니다.
결코 보답 따위 바라지 않는 사랑이라고 스스로를 위로하지
말아요.
사랑은 변명 같은 걸 만들어낼 필요가 없습니다.

메아리도 없는 사막에서 혼자 울지 말아요.
당신은 다만 길을 잘못 찾아든 것뿐입니다.

평생의 재산

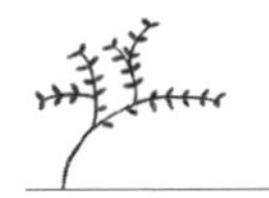

현자들은 말합니다.
"가난에 시달리지 않으려면 재산을 늘리는 것과 욕망을
줄이는 것, 두 가지 방법이 있다.
전자는 머리와 몸을 써야 하지만 후자는 언제나
마음먹기 나름이다."
선택은 온전히 당신의 몫입니다.

인생의 만족, 불만족은 지극히 개인적인 판단입니다.
누구도 다른 사람의 삶에 대해서 함부로 평가하거나
단정할 수는 없습니다.
다 같은 환경에서도 행복을 느끼는 사람이 있고
불행을 느끼는 사람이 있습니다.
기대치가 높으면 그만큼 노력하는 수밖에는 다른
도리가 없습니다.

현자들은 또 이렇게 말합니다.
"풍요로운 인생을 살기 원하면 평생 썩지 않을
재산을 얻도록 노력하라."
도둑맞을 염려도 없고 평생 썩지 않는 재산은 당신이 가진
재능뿐입니다.

관용

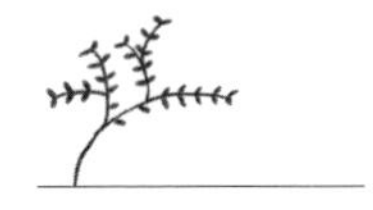

현자들은 말합니다.
"자기의 결점을 잘 아는 사람은 남의 결점에 대해서도
신중하게 행동한다."
인간이기에 실수도 할 수 있는 것입니다.

우리 모두 누군가에게는 용서받아야 할
결점을 가진 인간입니다.
관용을 베풀면 그 혜택은 결국 나에게 돌아옵니다.
하나를 보고 열을 아는 것처럼 너무 몰아붙이지 마세요.
당장은 좀 불편하더라도 다음엔 더 잘할 수 있도록
기회를 주는 건 어떨까요?

몇 가지 결점이 그 사람의 모든 것을
말해주는 건 아닙니다.
누구나 자신의 결점을 알면서도 그것을 고치기란
쉽지 않은 일입니다.
자신에게 어려운 일을 남이 쉽게 하지 못한다고
비난하지 마십시오.

나그네의 모자를 벗기는 건 거센 바람이 아니라
따스한 햇빛이라는 말, 기억하세요.

뒷담화

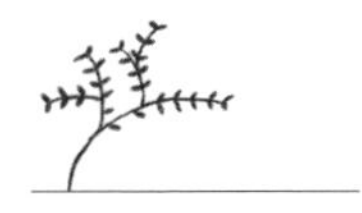

현자들은 말합니다.
"옷감을 만들려거든 자로 열 번 재어 본 후에 가위로 자르라.
다른 사람의 부족한 점을 말하려거든 백 번쯤
생각해본 후에 말하라."
백 번을 만나도 잘 알 수 없는 존재가 사람입니다.

눈에 보이는 것만으로 타인의 행동을 쉽게 판단하고
비난하진 말아요.
가볍게 행동하는 상대는 특별히 마음 편한 자리를
만났을 수도 있습니다.
그가 무언가 불평을 할 땐 사람들의 배려가 부족했을 수도
있습니다.
사람마다 관점이 다른 것은 자연스러운 일입니다.

내가 싫어하는 것은 남들도 싫어할 거라 믿는 건
위험한 생각입니다.
남의 선택을 존중하지 않으면서 이해받기 원한다면
인생이 점점 편협해집니다.

앤디 워홀은 말합니다.
"나를 알고 싶으면 작품의 표면만 봐주세요. 뒷면에는 아무것도 없습니다."

얼굴 보고 하는 말은 '대화',
없을 때 하는 말은 '모략'입니다.

진정한 위로

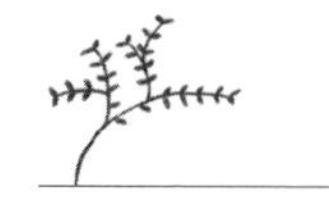

시세로는 말합니다.
"확실한 벗은 자신이 불확실한 처지에 있을 때
비로소 알아볼 수 있다."
돕고 싶어도 여유가 없다는 건 결국 베풀 마음도,
여유도 없다는 말과 같습니다.

타인의 고통을 동정하는 것은 인지상정입니다.
대부분의 사람들이 마음을 써주는 건 여기까지입니다.
어려운 사람을 보면 누구나 동정심을 가질 수 있습니다.
그러나 동정만으론 누구도 구원할 수 없습니다.

마더 테레사는 말합니다.
"백 사람을 먹일 수 없다면 한 사람이라도 먹여라."
누군가를 돕기 위해 굳이 거창한 계획이나 목표를
세울 필요는 없습니다.

"괜찮아?"
"도움이 필요하면 언제든지 달려갈게."
때론 다정한 말 한마디가 사람을 살릴 수도 있습니다.

자존심과 교만의 차이

현자들은 말합니다.
"자존심과 교만은 종이 한 장 차이이다. 교만은 자존심이 살짝 도를 넘치는 순간 모습을 나타낸다."
필요 이상으로 자존심을 강조하면 우월감을 과시하는 것으로 오해받을 수도 있습니다.

남에게 존중받고 싶은 욕망이 강할수록 배타적인

성격을 갖기 쉽습니다.
남이 나를 알아주길 바라면 먼저 그를 인정해주는 태도가 필요합니다.
자신이 할 수 없는 일을 남에게 강요하는 건 폭력입니다.
왜 우리는 귀한 대접을 받고 싶어 하면서 남을 인정하는 데는 인색하게 구는 걸까요?

현자들은 또 이렇게 말합니다.
"자존심이란 촛불의 심지 같은 것이다. 촛불이 적당히 타오를 땐 주변을 아름답게 비추지만, 심지가 너무 높으면 흉측한 그을음이 생겨 불은 곧 꺼지고 만다."
친구를 잃는 가장 빠른 방법은 자존심에 상처를 입히는 것입니다.

인생의 무지개

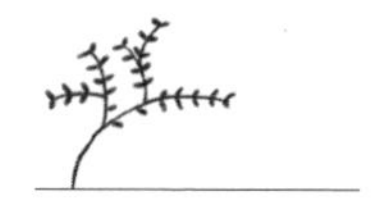

현자들은 말합니다.
"'무엇 때문에 나는 이 세상에 왔는가'라고 묻지 말고,
'나는 무엇을 하면서 살아갈 것인가' 라고 물을 때 인생의 문제는
간단하게 풀린다."

열심히 노력해도 뜻대로 되지 않는다고 운명을
탓하진 마십시오.
신이 유독 어느 한 사람을 괴롭히기 위해 존재하는 것은
아닐 테니까요.
현실에 닥친 일들은 우리가 살면서 겪어야 할
사건 중의 하나일 뿐입니다.

링컨은 또 이렇게 말합니다.
"눈물이 없는 사람의 눈엔 인생의 무지개가 뜨지 않는다."
우선 비가 그쳐야 무지개도 볼 수 있습니다.

운명의 수레바퀴를 끌고 가는 것은 우리들 자신입니다.
남의 뒤를 따라가지 말고 꿋꿋하게 앞장서세요.

'무엇 때문에'가 아니라, 이미 태어났기 때문에
무엇인가를 해야 하는 게 인생입니다.

스스로 어떻게 살 것인지를 안다면 뒤돌아볼
틈이 없습니다.

우정과 신뢰

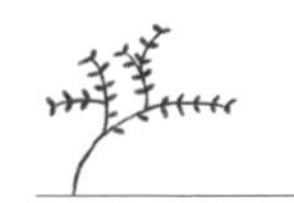

당신의 친구는 어떤 사람입니까?
가장 믿을 만한 친구는 뒤끝 없이 쓴소리를
주고받을 수 있는 사람입니다.

좋은 충고라고 해서 결과가 반드시 다 좋은 것만은 아닙니다.
서로 신뢰하는 관계가 못 되면 충고는 듣기 싫은

잔소리에 불과합니다.
충고가 귀에 거슬리는 건 신뢰가 부족하기 때문입니다.
그러나 스스로 양심에 거리낌이 없으면 상대방의 원망마저
감수하는 게 진정한 우정입니다.

우정은 때때로 용기를 필요로 합니다.
상대방이 싫어할 줄 알면서도 용기 있게 쓴소리를
할 줄 아는 친구가 참된 친구입니다.

탈무드에 이런 말이 있습니다.
"친구가 화내고 있을 땐 굳이 달래려고 하지 마라.
그가 슬퍼하고 있을 때도 위로하지 마라. 그러나 누가
너의 나쁜 점을 얘기해주면 고마워하라."

자기와의 싸움

삶이란 끝없는 자기와의 싸움입니다.
인생의 하루하루가 세상에서 가장 강력한 라이벌인
자신과의 투쟁으로 이루어집니다.
우리가 올라야 할 봉우리는 상상하는 것 이상으로
험하고 높을 수도 있습니다.

인내심은 모든 가능성의 출구입니다.
무슨 일이든 잘 참아내는 사람은 무슨 일이든 성공할 수 있습니다.
아무리 고약한 운명도 인간의 의지를 당해낼 순 없습니다.

생존경쟁에서 살아남는 유일한 방법은 한 걸음이라도
더 앞으로 나가는 것입니다.
바닥으로 떨어질수록 위로 올라가려는 희망이 더
절실해지는 법입니다.
시간은 모든 것을 견딜 수 있게 해줍니다.

디즈레일리는 말합니다.
"시간을 잘 붙잡는 사람은 모든 것을 얻을 수 있다."

스트레스

현자들은 말합니다.
"영웅은 보통 사람보다 용기가 많은 것이 아니라 조금 더 오래 용기를 지속시킬 수 있는 사람일 뿐이다."

우리가 생활 속에서 겪는 두려움은 대부분 실체가 없는 감정입니다.
대체로 아직 닥치지도 않은 재앙을 현재 진행형으로 대입시켜놓고 주눅이 들었을 뿐입니다.
싸움을 걸어온 사람도 없는데 혼자 헛발질하는 것이나 다름없습니다.

절대로 망상에 무릎 꿇지 마십시오.
정신만 똑바로 차리면 문제는 의외로 쉽게 해결될 수도 있습니다.
부정적이고 불확실한 느낌에 휘둘리지 말아요.
부딪쳐보기 전엔 알 수 없는 게 인생이라잖아요.
지금이라도 당장 자신의 머릿속에 떠오르는 느낌을

바꿔보는 건 어떨까요?
'할 수 없을 것 같다'를 '할 수 있을 것 같다'로
바꾸는 것만으로도 인생이 달라집니다.

성공한 사람들은 두려움을 용기로 바꾸는 데 능한
사람들입니다.

불안

이미 지난 일을 생각하며 괴로워하는 것만큼 자신을
초라하게 만드는건 없습니다.
그보다 더 불행한 사람은 언제 닥칠지도 모르는 일을 예상해서
움츠러든 사람입니다.
현재를 희생하고 얻는 대가는 절망뿐입니다.

불안을 떨쳐버릴 수 있는 유일한 길은 삶에 대한 열정입니다.
인생을 행복하게 살아가는 비결은 지금 당신의 생각에 달려 있습니다.
주어진 매 순간을 겸허하게 받아들이세요.
잡념으로부터 자유로운 사람만이 스스로 행복해지는 법을 알고
있습니다.

현자들은 말합니다.
"인생의 황금기는 과거에 있지 않고 먼 미래에 있지도 않다.
살아 있는 오늘이 가장 좋은 날이다."

과거나 미래의 어떤 일도 현실의 발목을 잡지 못하게 하세요.
오늘이 즐거워야 내일도 즐겁게 맞이할 수 있는 것입니다.

미움

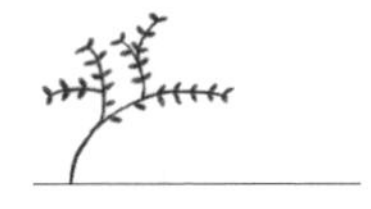

장자는 말합니다.
"마음보다 더 잔인한 무기는 없다."
그릇된 생각은 피해자와 가해자 모두를 겨냥합니다.

백 번 잘하고도 한 번 잘못하면 원한을 가질 수 있는 게
사람입니다.
사람은 상대방이 나에게 베풀었던 선행보다 악행에 집착하는
심리가 강하기 때문입니다.
실수란 지나간 바람과 같습니다.
이미 지나간 바람을 탓해도 상처는 사라지지 않습니다.

다른 사람을 미워하는 마음은 독이 되어 자신의
영혼을 병들게 합니다.
미움의 독기를 빼내는 가장 좋은 해독제는 관대한 마음입니다.

원수를 은혜로 갚진 못하더라도 평생 적을 만들고
살 순 없잖아요.

자애(慈愛)

현자들은 말합니다.
"진정한 자애란 물질적인 도움을 베푸는 것만이 아니다.
타인의 가치를 발견하고 격려해주는 것도 자애의
중요한 덕목이다."

자애로운 사람은 칭찬에 인색하지 않습니다.
섣불리 상대를 비방하지도 않습니다.
자애로운 사람은 아무리 결점이 많은 상대라도 가치를
발견할 줄 압니다.

자애로운 사람은 감정이 풍부하지만
노여움에 지지 않습니다.
타인에 대해 이해심이 많지만 스스로 자비를
베푸는 것처럼 자만심에 빠지지 않습니다.
아낌없이 베풀 줄도 알지만 자기가 쓰고 남은 것을 남에게
주려고 하지 않습니다.
그는 도움이 필요한 사람에게 자신이 필요로 하는 것을
기꺼이 내주는 사람입니다.

자애로운 사람은 세상 누구와도 완전한
우정을 쌓을 수 있습니다.

부자와 졸부

현자들은 말합니다.
"부자가 재물을 어떻게 쓰는가를 알기 전에는
그를 칭찬하지 말라."

부를 추구하면서도 돈 버는 일에 초연한 척하는
사람은 흔히 볼 수 있습니다.
그러나 돈에 초연한 척하는 부자가 남에게 재물을
나눠주려고 하는 경우는 드뭅니다.
부자라고 해서 모두 존경의 대상이 되진 못하는 건 저마다
그릇이 다르기 때문입니다.

영국 속담에도 이런 말이 있습니다.
"신사를 만드는 건 양복이 아니다."

재물을 모으는 방법은 많이 알아도 오직 자신을 위해서밖에
쓸 줄 모르는 부자는 탐욕에 찌든 인간에 불과합니다.
진짜 부자는 자신이 가진 것만큼이나 영혼이 부유한
사람입니다.

생활인

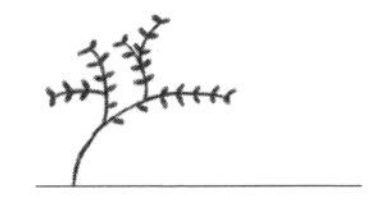

현자들은 말합니다.
"무엇인가 하고 싶은 사람은 방법을 찾아내고,
아무것도 하기 싫은 사람은 구실을 찾아낸다."

사람마다 살아가는 방법이 제각각입니다.
어떤 사람은 한 우물만 파고 또 어떤 사람은 하고 싶은 게
너무 많다고 합니다.
이 일 저 일 손대느라 일생이 분주한 사람도 있습니다.
방법이야 어떻든 주변에 폐 끼치지 않고 살 수 있다면
성공한 인생입니다.

어떤 사람은 가까운 사람들까지 지치게 만듭니다.
그는 온갖 그럴듯한 이유를 갖다 붙이며 자신의 게으름과
무능함을 변명하려고 합니다.
어떤 변명도 그를 생활인의 범주에 넣을 수는 없습니다.

아무것도 하지 않으려는 사람은 그저
존재할 뿐입니다.